GENGIS PARMI LES PYGMÉES

Du même auteur

aux éditions Théâtrales

AMBULANCE/REVIENS À TOI (ENCORE), *1994*
CHICKEN/BRIEN LE FAINÉANT, *1996*
CHAT ET SOURIS (MOUTONS)/LOUÉ SOIT LE PROGRÈS, *1999*
L'ÎLE DE DIEU/UN MONOLOGUE, *2000*

chez d'autres éditeurs

CHUTES, Christian Bourgois, *1990*
LA TERRIBLE VOIX DE SATAN, Christian Bourgois, *1994*

GREGORY
MOTTON

GENGIS PARMI LES PYGMÉES

(Gengis Amongst the Pygmies)

Traduit de l'anglais par Nicole Brette

OUVRAGE PUBLIÉ AVEC LE CONCOURS
DU CENTRE NATIONAL DU LIVRE

éditions
THEATRALES

Les éditions THÉÂTRALES *bénéficient d'une aide de la* SACD

La représentation des pièces de théâtre est soumise à l'autorisation de l'auteur ou de ses ayants droit. Avant le début des répétitions, une demande d'autorisation devra être déposée auprès de la SACD.

Images de couverture : Copyleft Grore Images

38, rue du Faubourg-Saint-Jacques, 75014 Paris.

ISBN : 2-84260-150-5

GREGORY MOTTON

Né à Londres en 1961, mère irlandaise, père anglais. Il vit à Londres.

Chicken, sa première pièce, a été jouée aux Riverside Studios à Londres en 1987. *Ambulance*, créée au Royal Court Theatre de Londres en 1987. *Downfall*, créée en 1988 à Londres au Royal Court Theatre. *Looking at You (revived) Again*, créée en 1989 à Leicester et reprise la même année à Londres au Bush Theatre. *A Message for the Broken Hearted*, créée à Liverpool en 1993 et reprise à Londres la même année au BAC Theatre. *The Terrible Voice of Satan*, créée à Londres en 1993 au Royal Court Theatre. *Cat and Mouse (Sheep)*, créée en anglais à Paris, au Petit Odéon, en avril 1995, mise en scène par Ramin Gray et Gregory Motton. Elle a été reprise à Londres, au Gate Theatre, en 1996. *A Little Satire* a été créée au Gate Theatre de Londres en mai 1997.

Gregory Motton a aussi écrit plusieurs pièces radiophoniques diffusées sur la BBC, dont *Lazy Brien (Brien le Fainéant)* – également diffusée, en français, sur France Culture en mars 1996.

En France, *Chutes* a été mise en scène par Claude Régy au TGP de Saint-Denis en 1992. *Ambulance*, par Antoine Caubet en 1994 à Dijon, reprise au TGP en 1995. *Reviens à toi (encore)*, par Éric Vigner à Albi puis au Théâtre de l'Odéon en 1994. *La Terrible Voix de Satan*, par Claude Régy au TGP en 1994. *Chicken*, par Henri Bornstein à Bayonne en 1996. *Un Monologue* a été représentée à Grenoble (Musée Dauphinois) en 1998 *(L'Adieu au Siècle)*. *Loué soit le progrès*, mise en scène de Lukas Hemleb à L'Odéon-La Cabane en 1999. *Chat et souris (moutons)*, mise en scène de Gregory Motton et Ramin Gray, créée en français au Théâtre de Gennevilliers en mai 1999. *L'Île de Dieu*, mise en scène de Catherine Marnas à Marseille en mai 2000. *Un Message pour les cœurs brisés*, mise en scène de Frédéric Bélier-Garcia au Théâtre de la Tempête, Cartoucherie de Vincennes, en mars 2001.

Publications en anglais : *Chicken* a été publiée chez Penguin ; *Ambulance* chez Penguin et Oberon ; *Downfall* chez Methuen et Oberon ; *Looking at You (revived) Again* chez Methuen, Flood Books et Oberon ; *A Message for the Broken Hearted*, *The Terrible Voice of Satan* et *Cat and Mouse (Sheep)* chez Flood Books et Oberon ; *Lazy Brien*, *In Praise of Progress*, *A Little Satire* et *A Monologue* chez Oberon. *God's Island* et *Gengis Amongst the Pygmies* chez Oberon.

NICOLE BRETTE

Après une licence de cinéma à l'Université de Paris VIII, elle aborde la traduction par l'écriture de sous-titres et de doublages de films. En 1987, elle rencontre Gregory Motton et commence à traduire son théâtre. Elle a traduit une dizaine de ses pièces et a aussi fait, avec Élisabeth Chailloux (en 1993), une nouvelle traduction de *La Ménagerie de verre* de Tennessee Williams.

GENGIS OU LE MONDIALISME

Je m'accorde une très grande chance, ou plutôt trois : avoir rencontré tard le théâtre de Gregory Motton, et d'un seul coup, et par la lecture. Sans autre intercession que la traduction. Ces mots noirs émigrés à tire-d'aile de Londres vers la France, coupants, sifflants, percutants, lourds d'une véhémence d'orage, prêts à déchirer ciel et terre, imposent aussitôt l'évidence d'un talent supérieur, d'une œuvre déjà véritablement majeure, et pourtant encore ouverte à bien d'autres surprises et métamorphoses. J'avoue n'avoir éprouvé ce sentiment étrangement violent et exaltant qu'une seule autre fois, il y a bien longtemps, en découvrant Brecht au Berliner Ensemble, quelques semaines avant sa mort. Je ne sais pas si Brecht compte pour Motton autant que Jarry, Shakespeare, Swift ou Voltaire. Ce qui est certain, c'est que Motton fait souffler la tempête sur la scène et sous les crânes, qu'on ne peut plus oublier cette voix rageuse, ravageuse, sarcastique, traversée d'accents désolants, vraiment déchirants, et pourtant irrésistiblement gais.

Le pire service qu'on puisse rendre au théâtre de Motton serait de prétendre l'enfermer dans une métaphysique figée, théologico-philosophique, verbeuse ou théâtralisée. De là, après *Chat et souris (moutons)*, l'intérêt tout particulier de *Gengis parmi les Pygmées*, suite des aventures de Gengis, Tonton et Tata dans le monde moderne. Plus exactement dans le monde d'aujourd'hui, de tous les jours qui tissent nos pauvres semaines, globalisé, uniformisé, informatisé, médiatisé, délocalisé, militarisé, américanisé, commercialisé, odorisé-désodorisé – et aussi shampooingnisé (Motton, grand ironiste, y tient : détritus partout, débris épars, informes, de culture et de sociabilité, mais cheveux lavés à grandes eaux et gros bénéfices par l'industrie chimique). Le meilleur des mondes connus et possibles, chacun le sait bien. Ou bien faut-il qu'on vous le répète encore plus fort, à coups de matraques, de pub et de cachets euphorisants ? Oui, Gregory Motton appartient à cette race si rare d'auteurs dont on ne sait pas de quoi les lendemains seront faits. Qui eût pu prévoir, à lire ses premières pièces, qu'il deviendrait le formidable dramaturge comique dont nous avons tant besoin ? Sans doute faut-il maintenant relire, à cette lumière, ses pièces antérieures, qu'on peut voir elles aussi comme des *comédies*. Car, en art comme dans l'univers, rien ne vient de rien. Cependant cette forte pensée se retournerait contre notre plaisir, contre les aléas de l'écriture, si elle devait conduire, tentation presque irrésistible de la posture critique, à prétendre que Motton devait nécessairement devenir le virulent satiriste qui se révèle à nous, à travers son étonnant trio de philosophes sans le savoir, cupides mais non stupides.

Même si Gengis ne sort de Londres qu'une seule fois, pour aller aux Philippines (séquence étourdissante) s'initier aux méthodes américaines de la saine gestion, c'est bien du monde qu'il s'agit dans *Gengis*, de notre monde à tous et de maintenant, aussitôt reconnaissable, terrible et risible ; mais saisi, dénudé à partir d'un point précis, concret, omniprésent, Londres et l'Angleterre. La grande force de la pièce est d'atteindre l'universel à partir du particulier, d'une grande nation impérialiste tenue (elle le croit du moins) de composer avec un impérialisme plus rapace et plus brutal, qui pénètre jusqu'à la langue elle-même, truffée d'américanismes évidemment difficiles à transposer. On laisse au lecteur le plaisir de savourer à cet égard les excellents et profonds échanges sur l'idée de guerre commerciale entre les deux nations. Ils disent en quelques répliques cocasses autant qu'un gros livre de politologue. Et cela, c'est bien l'art suprême, l'art si rare du penseur comique, qui fut aussi celui de Voltaire, et de Swift.

Le dramaturge anglais réussit où tant d'autres ont échoué : atteindre par la candeur interrogeante, naïvement décapante, au cœur des grands phénomènes contemporains en apparence les moins propices à la théâtralisation et au comique : la baisse du profit, la soumission de la demande à l'offre, l'usure frénétique des biens de consommation, l'uniformisation des désirs, le jeunisme exalté et mercantilisé, les velléités humanitaires, la question des impôts, la suprématie du nom des marques sur la piètre chose vendue, la marchandisation effrénée, par la publicité, du désir de contre-culture, d'une autre vie (ah, la promotion du café Arc-en-ciel de Tonton), etc., etc.

On le voit, Motton ne s'est pas facilité la tâche ! Mais à quoi bon écrire, si l'on évite soigneusement ce qui fait la trame de nos désirs et de nos rêves, de nos aliénations, si l'art se ramène à flatter les puissants, qui font les idées dominantes et les succès ? Si le comique se choisit des cibles trop faciles – la famille royale, le pape, la religion, le passé, l'ennemi ? Si le souci affiché de ne pas ennuyer (« Gengis, c'est important de ne pas ennuyer les spectateurs ») justifie d'escamoter les vrais sujets, économiques, fiscaux, politiques, sociaux, idéologiques, fantasmatiques ? Bien entendu, le théâtre en particulier, et l'art en général, n'ont pas mission d'ennuyer. Mais ils n'ont pas non plus vocation exclusive à la frivolité (les films à explosions…). La réussite véritablement exceptionnelle de Gregory Motton peut s'éclairer à partir de Voltaire, qui prend lui aussi à bras-le-corps et comiquement les grands sujets de son temps dans son *Candide ou l'Optimisme*. Elle tient à ce que tout lecteur et spectateur sent aussitôt, mais qui se dérobe piteusement à l'analyse critique. Je veux bien entendu parler du rythme et de ses variations incessantes, de la verve inventive, de l'alliance du comique et de la vérité, de l'énergie inépuisable de l'auteur, auquel il serait bien difficile d'attribuer à titre propre quelque opinion que ce soit. Alors se produit cette métamorphose rarissime de l'idée triste en jouissance drôle-amère, dont on ne voudrait jamais voir la fin. Car le vrai et grand comique, le comique philosophique, nous fait accéder à une espèce de joie sereine, la joie de la connaissance gaie. C'est le privilège de la grande, très grande ironie.

Jean Goldzink

Jean Goldzink a enseigné la littérature française à l'École normale supérieure de Saint-Cloud et Fontenay-aux-Roses. Il a notamment publié des biographies de Voltaire et Stendhal (Gallimard-Découvertes), des études sur Montesquieu (*Montesquieu et les passions*, PUF, coll. « *Philosophies* »), *Comique et comédie au siècle des Lumières* (L'Harmattan), *Le Vice en bas de soie* (Corti).

PERSONNAGES

GENGIS

TONTON

TATA

ANNIE

MAURICE GORET

M. OUÇAMALAIRMALBARRÉ

LILIPUCE

SOUL PRESTIGE

VICKY O'RÉGIME

Remerciements à Frédérique Giffard.

Gengis parmi les Pygmées *a été créé le 24 mars 2004 au Théâtre du Vieux-Colombier, dans une mise en scène de Thierry de Peretti, avec : Coraly Zahonero, Pierre Vial, Guillaume Gallienne, Mathieu Genet, de la Comédie-Française.*
Décor : Rudy Sabounghi – Costumes : Caroline de Vivaise – Lumières : Jean-Luc Chanonat – Musique : Sylvain Jacques – Vidéo : David Bersanetti – Assistant à la mise en scène : Ludovic Virot.

Gengis parmi les Pygmées *est une sélection du comité de lecture de Aux nouvelles écritures théâtrales.*

PREMIÈRE PARTIE

I

Gengis Khan, le marchand de fruits et légumes, est debout sur une chaise, une corde autour du cou.

TATA.– Est-ce que tu veux d'abord les bonnes nouvelles ou les mauvaises nouvelles ?

GENGIS.– Les bonnes nouvelles.

TATA.– La peine capitale vient d'être abolie.

GENGIS.– Et les mauvaises nouvelles ?

TATA.– Le capital-*isme* vient d'être prolongé.. indéfiniment. Tu pourrais devoir rester là pour toujours. Mais on peut changer de chaise toutes les cinq minutes pour avoir un design plus moderne qui exprime mieux ta personnalité.

GENGIS.– Eh bien je suis ravi. Je peux prendre la parole ?

TATA.– Bien sûr. La liberté de parole n'est pas seulement une nécessité, c'est un must.

GENGIS.– Je peux dire tout ce que je veux ?

TATA.– Mais naturellement. Comme a dit Henry Ford un jour, vous pouvez avoir n'importe quelle opinion que vous voulez pourvu que nous l'ayons déjà en stock.

GENGIS.– Bien.

TATA.– L'autre bonne nouvelle c'est que tu viens de gagner le concours pour être le chef de notre autrefois grande nation.

GENGIS.– Aha !

TATA.– Oui, tu auras la charge de regarnir les rayons, et d'élaborer la communication sur la politique de marketing de terrain. Nous attendons de grandes choses de toi.

GENGIS.– Je vois ça. Le monde s'ouvre à moi comme une huître ! Youpi ! Je commence quand ?

TATA.– Commence quand tu veux – ça ne fera pas la moindre petite différence.

GENGIS.– *(il descend de la chaise)* Bon alors mes salauds. Donc. Voyons si on peut arriver à tirer quelque chose de vous cette fois-ci.

TATA.– Oui Gengis.

GENGIS.– Tout d'abord – où est tonton ?

TATA.– Il est dehors en train de recueillir un nouveau mandat de la part du peuple, pour ton compte.

GENGIS.– Avant son retour, tata, je veux faire un aveu.

TATA.– Bien sûr mon chéri.

GENGIS.– Je me rends compte maintenant que je me suis complètement trompé la dernière fois.

TATA.– Oh non..

GENGIS.– Oh si ! J'ai été trop dur…

TATA.– Oui. Peut-être…

GENGIS.– ... mais en même temps trop mou.

TATA.– Que vas-tu faire cette fois ?

GENGIS.– Le contraire.

TATA.– Oh.

GENGIS.– Oui, tu vois, je ne pense pas m'être fait comprendre comme il le fallait.

TATA.– Oh non !

GENGIS.– Oh si ! Je ne suis pas arrivé à faire passer mon message assez… clairement. Cette fois, je les matraquerai avec la subtilité jusqu'à ce qu'ils s'égosillent à réclamer la clarté, et je les torturerai avec la clarté jusqu'à ce qu'ils exigent la subtilité. Je serai d'accord avec tous, et ils seront d'accord avec moi. Je serai riche, et toi tata, tu seras mon porte-parole. Promotion pour tous. Hourra !

TATA.– Hourra ! Une grosse promotion !

GENGIS.– *(il épie Tonton qui traîne dans l'entrée)* Tonton, qu'est-ce que tu attends, pourquoi tu traînes dans mon entrée ? Viens tout de suite ! Ce n'est pas le moment d'être sur son quant-à-soi. Nous sommes ouverts à tous. C'est un nouveau commencement.

TONTON.– Voilà une musique pour mes oreilles sourdes, un spectacle pour des yeux douloureux, un nuage qui se dégage de mon éclipse, une ortie retirée de mes tongs, du pétrole libéré de ma citerne enflée, Salut à vous Madame Jésus !

GENGIS.– Tonton, tu es ivre.

TONTON.– J'ai célébré ton retour au pouvoir. Tant d'émotion. Mon Dieu comme les gens se sont réchauffés à ton chaleureux sourire plein de chaleur ; voyez c'est un homme de contrastes ; il est chaud à un moment, mouillé le moment d'après…

GENGIS.– J'ai quelque chose à annoncer ; vous savez Napoléon a dit que les Anglais étaient une nation de déprédateurs *(sic)* –

TATA.– Il a dit ça ? Quel culot !

GENGIS.– Eh bien, je m'en vais nous débarrasser de ce stigmate une fois pour toutes ; nous deviendrons à la place une nation de décorateurs.

TATA.– Tu veux dire –

GENGIS.– Oui, on va moderniser la boutique.

TATA/TONTON.– *(ensemble)* Moderniser la boutique ??

GENGIS.– Oui, bazarder le comptoir.

TATA.– Mais on a déjà bazardé le comptoir.

GENGIS.– Alors bazardez-le à nouveau ! Arrachez la devanture ancienne !

TONTON.– Ça a été fait. Il y a des années.

GENGIS.– Alors il n'y a qu'à le faire à nouveau. L'aplatir ! Démolir les murs. Plus de cloisons. Je veux restaurer. Moderniser ou mourir !

TONTON.– Mais Gengis, il ne reste rien après la dernière fois. Il ne reste plus rien depuis longtemps.

TATA.– Oui qu'est-ce que tu veux dire par moderniser ?

TONTON.– Conçu pour la vitesse, c'est ça que tu veux dire ?

GENGIS.– Eh bien, oui, la vitesse ou, ou, ou le…... pppppppppprofit.

TONTON.– Ah, maintenant je comprends.

GENGIS.– Mais je me demandais… Personne ne trouvera à redire ?

TONTON.– De nos jours il n'y a absolument plus personne qui trouve à redire. Il n'y a plus rien à craindre Gengis.

TATA.– Réjouis-toi !

GENGIS.– Mais quelqu'un pourrait être en train de mitonner du ressentiment dans un coin éloigné du monde.

TONTON.– Non, impossible. Tu vois, de Taipei à la Thaïlande, de Dagenham[1] au Daghestan, on se donne tous la main autour d'un bon grand feu de joie et on se réchauffe dans la lueur de novembre d'une saucisse façon milk-shake faite de graisse de poulet premier choix, rôtie au crépuscule. Celui qui ne se joint pas à nous n'est qu'un Pygmée.

GENGIS.– Oui, bon et alors quoi de neuf sur les Pygmées ?

TONTON.– Oh, ils sont très loin, et si petits au point d'être invisibles, plantés en jolies petites rangées dans leurs réserves ; des hommes d'hier.

GENGIS.– Le monde ne fait qu'Un.

TONTON.– Oui.

GENGIS.– On dirait que nous avons des amis partout. Mon corps tout entier éprouve des perspectives de croissance. Je sens que mon cul est en expansion là où je m'asseois.

TATA.– De nouveaux horizons excitants sont en train de s'ouvrir.

1. À *Dagenham*, grande banlieue de Londres, se trouve la plus grande usine Ford d'Europe. (n.d.t.)

GENGIS.– Ça ne va pas, je ne peux plus me contenir. Je dois partir, au-delà de Douvres, au-delà de Schengen, vers le monde bronzé pour partager ma bonne fortune. Je construirai un monument à la providence, ça sera une grande tour.

TONTON.– Et comment s'appellera cette tour Ô grand Khan ?

GENGIS.– Comment elle s'appellera ? Un putain de super grand immeuble de bureaux voilà comment elle s'appellera. Et je m'en vais en construire une en plein milieu d'une rizière.

TONTON.– Pas la peine de voyager, tu vois, ceci vient d'arriver.

GENGIS.– Qu'est-ce que c'est ?

TONTON.– Qu'est-ce que c'est ? C'est un ordinateur.

GENGIS.– Oh, et qu'est-ce qu'il fait ?

TONTON.– Tout. C'est une école, une bibliothèque, et un bordel tout en un. Il te sucera même la bitte si tu veux.

GENGIS.– Nous sommes vraiment allés si loin que ça ? Où sont tous les gens ?

TONTON.– Les enfants, par exemple, sont tous à l'intérieur en train de faire leurs devoirs.

GENGIS.– Ils doivent être très petits !

TONTON.– Effectivement. Minuscules ! C'est ce qu'ils entendent par réduction de la taille des classes. Les enfants sont si petits putain qu'on peut à peine les voir désormais. C'est merveilleux. Une vie entière peut tenir à l'intérieur d'un de ces trucs-là. Mais à vrai dire, ils ne sont pas dans celui-ci à vrai dire, ils sont en fait dans un autre ordinateur central autre part.

GENGIS.– Comme ça me rend fier, de vivre à une époque si excitante.

TONTON.– Tout le monde ressent ça. Tu vois, chaque iota

d'information humaine connue depuis la nuit des temps peut être stocké là-dedans.

GENGIS.– Merveilleux.

TONTON.– Il nous met en contact avec d'autres personnes qui pensent comme nous pour échanger des faits et des opinions.

GENGIS.– Fantastique.

TONTON.– Tu veux l'essayer ?

GENGIS.– Je peux ?

TONTON.– Vas-y.

Gengis s'approche lentement de l'ordinateur et commence à avoir un rapport sexuel avec lui, violemment et passionnément, sillonnant la pièce sauvagement enlacés. La machine est complètement détruite, en miettes, mais Gengis est satisfait.

Un temps.

GENGIS.– Hmm. Pas mal...... Tu peux m'en avoir un autre ?

TONTON.– J'essaierai.

II

TONTON.– Gengis, on a un problème. Les profits sont en baisse.

GENGIS.– Encore ? Comment ça se fait ?

TONTON.– Les machines deviennent plus grosses – les profits deviennent plus petits.

GENGIS.– Je croyais que si l'on fabriquait suffisamment de quelque chose ça ne coûtait pratiquement rien ?

TONTON.– L'ennui c'est, comment tu fais pour que tant de gens achètent la même chose ?

GENGIS.– Hm, oui, il y a environ une chance sur vingt-cinq millions que cinquante millions de personnes achètent exactement la même chose.

TONTON.– Oui. Qu'est-ce qu'on peut faire ?

GENGIS.– On pourrait… essayer de rendre *tous les gens* exactement pareils.

TONTON.– Aha oui ! Façonner le corps aux mesures du costume, pour ainsi dire.

GENGIS.– Non, ça ne marchera jamais.

TONTON.– Une idée ridicule ! Il faudrait qu'on leur fasse un lavage de cerveau !

GENGIS.– Bon sang oui, c'est impossible.

TONTON.– Il faudrait que je leur fasse… environ, à vue de nez, disons, deux minutes de lavage de cerveau pur et simple tous les quarts d'heure pendant toute la soirée.

GENGIS.– Heureusement, ça ne risque pas.

TONTON.– Non. Et il faudrait que je mette des affiches dans les rues et il me faudrait les meilleurs artistes, les meilleurs hommes de plume et les meilleurs acteurs, en fait les gens les plus persuasifs parmi eux, pour m'aider.

GENGIS.– Pas de danger.

TONTON.– Et leur verser des sommes énormes pour les aider à surmonter la honte et la gêne de mentir aux autres.

GENGIS.– Il n'y avait que ces vieux Russes soviétiques pour faire des choses pareilles. Ces affiches ridicules et ces absurdes slogans incroyables ! Ha ha ! Ce qu'on a pu rire ! Heureusement qu'on ne vit pas dans un système pareil.

TONTON.– Quelle chance.

GENGIS.– Heureusement que notre Capitalisme bien-aimé par exemple est la manière la plus naturelle de répondre aux besoins des gens –

TONTON.– C'est une grande chance.

GENGIS.– Ce sont les gens qui décident de ce que sont nos priorités.

TONTON.– Absolument.

GENGIS.– Les gens eux-mêmes. Chaque individu a une voix.

Un temps.

À propos, rappelle-moi un peu ; comment les gens font-ils savoir au système ce qu'ils ont décidé ?

TONTON.– Par le biais de la demande.

GENGIS.– Ah oui, l'offre et la demande. Les gens demandent et hop – ça apparaît dans les rayons !

TONTON.– Euhm... eh bien, non. Pas tout à fait. Presque. Mais... eh bien, dans le sens inverse.

GENGIS.– Dans le sens inverse ?

TONTON.– Oui. La chose apparaît dans les rayons, et alors les gens la demandent.

GENGIS.– Ah, *(un temps)* mais, comment les fabricants savent-ils que les gens en ont besoin ?

TONTON.– Ils savent parce que ce sont *eux* qui décident de ce que veulent les gens.

GENGIS.– Ce n'est pas un peu comme le régime communiste ?

TONTON.– Ah, non. Parce qu'ici ce n'est pas ce dont les gens ont *besoin* qui est important, mais ce qu'ils *veulent*.

GENGIS.– Oh. Je vois. Et, comment nous savons ce que veulent les gens ? Est-ce qu'ils nous le disent ?

TONTON.– Non, nous leur disons.

GENGIS.– Nous leur disons ?

TONTON.– C'est-à-dire que nous les encourageons à vouloir ce qui, pour nous, est commode à fabriquer.

GENGIS.– Ça évite de gaspiller beaucoup de shampooing, j'imagine ?

TONTON.– Des quantités abyssales.

III

GENGIS.– Tonton, puis-je savoir pourquoi le mobilier est toujours recouvert de draps blancs ?

TONTON.– C'est parce que les décorateurs sont là.

GENGIS.– Ils sont là depuis quinze ans, qu'est-ce qui se passe ?

TONTON.– Rénovation constante.

GENGIS.– Je n'ai même pas vu le mobilier *une seule fois*.

TONTON.– Quel dommage. Plusieurs ensembles de salon ont fait l'aller-retour sous les draps, sans parler des quinze cuisines équipées, des vingt-huit chaînes hi-fi, des douze tapis, des quatre-vingt-trois lits, des dix-sept mille sanitaires de salle de bains et des trois cent vingt-six arbres à mugs.

GENGIS.– C'est pour ça qu'il y a toujours une pile de meubles cassés sur le trottoir ? Tu sais, je pense que cette pièce a été repeinte tellement souvent qu'elle rapetisse.

TONTON.– C'est vrai que les choses s'usent rapidement de nos jours mais ne vous inquiétez pas, Votre Cupidité Royale, tout est fait en sorte que nous puissions être sûrs que suffisamment de profit se trouve généré dans l'économie.

GENGIS.– Oh bien. Je suppose que c'est *bien* non ?

TONTON.– Oh oui, c'est très bien.

GENGIS.– Et qu'est-ce qu'on... en fait ?

TONTON.– Eh bien, ça nous permet de nous offrir de nouveaux tapis, de nouveaux lits, et de nouvelles salles de bains.

GENGIS.– Oui, c'est pas plus mal. Parce que ça s'use si... rapidement.

TONTON.– Oui.

Gengis réfléchit, s'apprête à poser une question.

Tata entre. Elle porte un costume qui est un croisement de danseuse Hawaïenne et de membre de l'Ordre des Orangistes : pagne végétal, écharpe Orangiste, et chapeau melon[2].

GENGIS.– Es-tu sûre que ce costume est approprié pour toi qui es directrice d'une école primaire mondio-culturelle et maxi-linguale pour des mômes dont les parents n'étaient pas suffisamment classes moyennes pour savoir comment prétendre être des Anglicans et ainsi les faire entrer dans des écoles religieuses ?

TATA.– Oui. C'est mon costume pour la Saint-Patrick[3].

GENGIS.– Et toi qui es-tu ?

TATA.– Je suis la Mère Noël – et voici tes cadeaux.

GENGIS.– Qu'est-ce que c'est ?

TATA.– Une bouteille de vin[4].

2. Les protestants de l'ordre d'Orange commémorent le 12 juillet, en Irlande du Nord, la victoire de Guillaume III en 1690 sur le catholique Jacques II, lors de la bataille de la Boyne, au cours de laquelle de nombreux catholiques périrent. Leur costume comporte traditionnellement une écharpe orange et un chapeau melon noir. L'ordre d'Orange est une organisation protestante militante. (n.d.t.)

3. Saint Patrick est le Patron (catholique) de l'Irlande où la Saint-Patrick est fête nationale (le 17 mars). Les catholiques irlandais du monde entier célèbrent joyeusement cette fête en buvant de la Guinness ; ils portent un brin de trèfle, emblème national de l'Irlande, au revers de la veste. (n.d.t.)

4. Pour un Irlandais, le vin est connoté comme étant la boisson des classes moyennes *anglaises.* (n.d.t.)

GENGIS.– Formidable.

TATA.– J'ai commandé un arbre à trèfle pour tonton tu sais.

GENGIS.– Alors tu gardes quand même un petit quelque chose de l'Irlande[5] ?

IV

GENGIS.– Je m'ennuie déjà. C'est pire que la dernière fois.

TATA.– Pourquoi tu ne fais pas signe à de vieux amis et admirateurs ?

GENGIS.– Très drôle.

TONTON.– Tu dois essayer de t'en faire de nouveaux.

TATA.– Oui, tu dois séduire les Jeunes.

GENGIS.– Les Jeunes ?

TATA.– Ah oui, les Jeunes.

TONTON.– C'est ça. Le peuple de demain pour le monde de demain.

GENGIS.– Qu'est-ce que vous racontez ?

TATA.– Les Jeunes, c'est le peuple d'aujourd'hui !

TONTON.– Oui, les Jeunes ! Le peuple d'aujourd'hui... !

GENGIS.– Et nous, qu'est-ce qu'on est alors ?

TATA.– *(avec un venin enthousiaste déplacé)* Le peuple d'hier !

GENGIS.– Mais ces jeunes, ce sont des réacs étroits d'esprit et égoïstes.

TONTON.– Ça leur passera avec le temps.

GENGIS.– Exactement. On ne peut pas attendre que ça leur ait passé, et *alors* les admirer ? Quand ils auront vieilli.

TATA.– Mais qui d'autre achèterait toutes ces... marchandises que nous leur vendons ?

5. Le trèfle (qui n'est pas un arbre) a effectivement un rapport avec l'Irlande des catholiques, alors que Tata est dans l'erreur pour le choix du vin et de son costume. (n.d.t.)

GENGIS.– À propos... C'est presque Noël, il ne reste que deux cent cinquante-deux jours de shopping. J'aimerais donner à mon peuple un cadeau vraiment surprenant, mais qu'est-ce que l'on donne à quelqu'un qui a déjà presque tout ? Mon peuple est gâté.

TONTON.– Tu n'as qu'à leur donner plus de la même chose mais en l'appelant autrement.

GENGIS.– Ils ont trop l'habitude de ça. *(il marche de long en large pensivement)* Non, il faut que ce soit quelque chose de vraiment inhabituel, pour retenir leur attention, sinon ils se retrouvent avec ce regard vitreux et *ça* ça me rend fou. J'ai trouvé ! Je peux prendre ce qu'ils ont déjà !

TONTON.– Oh non, ça ne ferait pas très Noël.

GENGIS.– Ah non ? Très bien, donc je vais le faire tout de suite ! Bon qu'est-ce que je peux prendre dans leurs maisons luxueuses, sachant qu'il nous faudra utiliser tout ça nous-mêmes, il ne faut pas gaspiller.

TONTON.– Euhm.. euhm..

TATA.– Euhm.. euhm..

TONTON.– Euhm.. euhm..

TATA.– Euhm.. euhm..

TONTON.– Euhm.. euhm..

GENGIS.– Allez qu'est-ce qu'ils ont, que nous voulons ?

TONTON.– ... Eh bien

TATA.– ... Eh bien

TONTON.– ... Eh bien

TATA.– ... Eh bien

TONTON.– Rien ne vient à l'esprit.

GENGIS.– Rien ? Et leurs... télés et magnétoscopes ?

TONTON.– Nous voulons vraiment ces trucs-là ? Aucun d'entre nous ne sait comment s'en servir.

GENGIS.– Eux non plus. Bon d'accord, et leurs cafetières ?

TONTON.– Leurs bouilloires ?

GENGIS.– Ou leurs… tu sais, ces choses qui font de la musique.

TONTON.– Leurs voitures ?

GENGIS.– Non, les euhm…

TONTON.– Des tambours ?

GENGIS.– Non, tu sais…

TONTON.– Laisse tomber Gengis, on ne sait pas, on est trop vieux.

TATA.– Leurs meubles !

GENGIS.– Tu veux rire ; des cageots avec du nylon agrafé dessus ?

TATA.– Qu'est-ce qu'il y a d'autre ?

TONTON.– Euhm..

TATA.– Euhm..

GENGIS.– Bon Dieu !

TATA.– Il doit y avoir quelque chose qu'on a oublié.

TONTON.– Nan, c'est à peu près tout.

GENGIS.– Putain. Pauvres diables. Et c'est pour *ça* que tout a été sacrifié ?

TONTON.– On dirait bien. Ils en ont moins que jamais.

GENGIS.– Alors à quoi ont servi les cent cinquante dernières années ?

TONTON.– À te rendre riche, Ô Grand Potentat Industriel !

GENGIS.– D'accord, mais ensuite ?

TONTON.– En fait, rien.

GENGIS.– Tu veux dire que c'est tout ?

TONTON.– À moins que tu en veuilles un peu plus ?

GENGIS.– Je ne dirais pas non mais, ... mon peuple !

TONTON.– Ne t'inquiète pas, ils ont des compensations ; leurs cheveux sont parmi les plus propres du monde.

TATA.– Et l'on peut sentir la propreté dans leurs vêtements de vraiment très très loin.

TONTON.– C'est à ta fameuse usine de détergents qu'ils doivent cela.

GENGIS.– Ils achètent j'espère ?

TONTON.– Oui. D'abord ils travaillent très dur pour produire la… marchandise, toute la sainte journée, puis, quand la journée est finie, ils se précipitent vers les magasins pour l'acheter.

GENGIS.– Et le soir ?

TONTON.– Qui sait ? Ils dégueulent le tout je suppose, sur leur canapé.

GENGIS.– Et pourtant malgré tout ceci, j'ai quand même l'impression que ce sont des déchets gourmands, cupides et sans cervelle. Comment ça se fait ?

TONTON.– Ils sont farouchement attachés à ce qu'ils n'ont pas.

GENGIS.– Ça m'a tout l'air d'une idée qui pourrait prendre, au plan mondial. Je suggère que nous quittions le territoire du château pour aller répandre ces… cette… ce que nous avons, tout autour du monde.

TONTON.– Ça a déjà été fait.

GENGIS.– Ah oui ?

TONTON.– Oui, tous les pays sont identiques.

GENGIS.– Il y a sûrement quelque chose de plus que nous devons donner au monde ?

TONTON.– Non.

GENGIS.– La liberté et la justice ?

Tonton rit.

Oh « ha ha ha ». Très facile. D'accord, faisons ceci : des tee-shirts avec *Liberté et Justice* écrit dessus.

TONTON.– Ils font leurs propres tee-shirts.

GENGIS.– *(horrifié)* Ils font leurs propres tee-shirts ?? On est vraiment dans la merde alors.

V

Tata entre. Elle porte un costume qui est un croisement de Staline et de Mao Tsé-toung.

GENGIS.– C'est quoi cet accoutrement, tata ?

TATA.– C'est mon costume pour la Fête de l'igname.

GENGIS.– Oh, ça ressemble plutôt à un croisement de Staline et de Mao Tsé-toung.

TATA.– Non, c'est Pol Pot en fait.

GENGIS.– Il ne passe pas inaperçu. Et qu'est-ce que c'est au juste la Fête de l'igname ?

TATA.– C'est une espèce de fête de la moisson.

GENGIS.– Boîtes de fayots, ce genre de choses[6] ?

TATA.– Oui.

GENGIS.– Et euh…

TATA.– Eh bien, tu ne penses pas que je vais présenter les Africains comme des primitifs superstitieux qui croient encore au pouvoir de la nature.

GENGIS.– Dieu merci, espérons que personne n'est primitif à ce point !

TATA.– Donc, je vais insister sur la nature politique du cycle de production, et présenter l'année comme une espèce de plan quinquennal sur quatre saisons, avec des quotas et des objectifs appliqués grâce à la règle de la terreur absolue.

GENGIS.– C'est bien mieux.

TATA.– Là où il y a le non-sens nous apporterons le sens.

GENGIS.– Bien, tata. Tout ce que je peux dire c'est, j'attends vraiment Noël avec impatience.

TATA.– Noël, la saison de la Fadeur et de la Convoitise ? Moi aussi.

GENGIS.– Je suis content que Noël au moins puisse conserver un peu de son identité culturelle.

TATA.– Nous ne conservons que les éléments qui peuvent plaire à *tout le monde.*

GENGIS.– Tata, j'ai enfin eu l'idée de quelque chose que la plus grande partie de notre peuple n'a pas.

TATA.– Ooh Gengis, tu es tellement novateur !

GENGIS.– Oui. Tiens voilà.

TATA.– Qu'est-ce que c'est ?

GENGIS.– Un nœud coulant.

6. Autrefois pour la fête de la moisson, coutume anglicane, les Anglais apportaient nourriture et fleurs dans leur église, qu'ils décoraient. Ensuite la nourriture était donnée aux pauvres. De nos jours, les enfants apportent à leur école des boîtes de conserve (notamment des *baked beans)* qui sont envoyées dans les maisons de retraite. (n.d.t.)

TATA.– C'est d'un chic. Je peux l'essayer ?

GENGIS.– Tu auras ton heure. On peut gagner une fortune. Les coûts de production seront bas, et le prix que ces tarés paieront sera élevé.

TATA.– C'est une stratégie géniale. Comment tu vas l'appeler ?

GENGIS.– La stratégie « Plusieurs Cordes à ma Bourse ».

TATA.– Je suis époustouflée, Gengis. Excellent.

GENGIS.– Donne aux gens assez de corde, et ils se pendront *eux-mêmes.*

TATA.– Comme c'est palpitant ! C'est saisissant !

GENGIS.– Ça s'adresse principalement aux jeunes –

TATA.– C'est d'une irresponsabilité rafraîchissante. Les adolescents vont adorer !

GENGIS.– Oui. C'est comme la gravité, il n'y a qu'à tirer le levier et la masse tombera.

TATA.– *(excitée)* La masse tombera !

GENGIS.– Et tu as tout à fait raison tata sauf pour une chose : nous n'allons pas commercialiser ça pour les adolescents.

TATA.– Ah bon ? Comme tu es sensible aux problèmes sociaux Gengis – je suis impressionnée.

GENGIS.– Exactement. Non, nous ciblerons le groupe de consommateurs *réellement* important, les préados, les sept-douze ans.

TATA.– Ils ne sont pas un peu jeunes pour se pendre ?

GENGIS.– Ils grandissent si vite de nos jours. La meilleure façon de vendre cet équipement, j'ai décidé, c'est de créer un hebdo préado… avec une page courrier des cœurs.

TATA.– Mais nous n'avons pas de lettres.

GENGIS.– On peut les écrire nous-mêmes, juste pour mettre en selle les petits chéris, pour qu'ils sachent quoi penser.

TATA.– Toi tu commences alors..

GENGIS.– Chère Julie..

TATA.– Chère Judy…

GENGIS.– Cher Jude…

TATA.– Cher Judas…

GENGIS.– Cher Judas… mon amoureux dit que je devrais me pendre.. mais je pense que je suis peut-être trop jeune. Il a dix-huit ans mais je n'en ai que huit. Aide-moi s'il te plaît. P.-S., ma maman dit que je suis une petite pute et que la pendaison c'est trop beau pour moi.

TATA.– Chère jeune amie, je peux voir que tu es bien plus mature que ton entourage. Prendre l'initiative de m'écrire fait preuve d'une grande sagesse malgré ton jeune âge. Je dirais que tu es plus que prête pour te pendre. Mais change d'amoureux d'abord.

GENGIS.– Excellent conseil. Cher Judas… dans ma classe ils ont tous un nœud coulant et ils disent que je suis nulle parce que je n'en ai pas. Est-ce que je devrais céder ? Ou est-ce que je devrais tenir bon. J'ai sept ans.

TATA.– Quelle petite chieuse !

GENGIS.– La réponse tata !

TATA.– Chère jeune personne, il me semble qu'il est temps que tu te rendes compte qu'il y a d'autres gens dans le monde à part toi. Sors un peu ! Ne reste pas chez toi à te morfondre. Fais-toi une nouvelle tête, change de look, mets un nouveau collant, et, oui, achète un nœud coulant. Pourquoi pas ? C'est bien d'avoir de la force de caractère mais tu ne veux pas être un phénomène de foire non ? Sois toi-même – achète un nœud coulant, et amuse-toi comme tout le monde.

GENGIS.– Bravo tata.

TATA.– Pourquoi est-ce que les parents et les professeurs ne peuvent pas être aussi bien rencardés que ce Judas en question ?

GENGIS.– C'est toi tata. Essaye celle-là : Cher Judas, ma maman dit que les nœuds coulants sont pour les filles plus grandes et que je devrais jouer avec des poupées. Je ne sais plus quoi penser. J'ai déjà cinq ans.

TATA.– Difficile celle-là. Chère Anonyme, les gens se développent à des âges différents. Ta maman ne veut que ce qui est le mieux pour toi mais si tu n'entres pas dans le mouvement maintenant les gens se moqueront de toi et te traiteront de tous les noms quand tu seras plus grande et tu ne veux pas de ça. Mais c'est à toi de prendre ta décision.

GENGIS.– Bien, tata.

TATA.– Mais qu'est-ce qu'ils ont tous ces gens ?

GENGIS.– En fait je n'aime pas le terme nœud coulant. C'est trop… contraignant.

Il tripote son col nerveusement.

VI

GENGIS.– Tonton, tonton, ils ont accroché les guirlandes lumineuses et les décorations dans les boutiques ! Ça doit être Noël ! Ô ce que j'aime Noël !

TONTON.– Nous sommes en octobre, Gengis.

GENGIS.– Oui, oui. Bon sang je me sens stressé. L'ennui c'est que le vrai esprit de Noël a disparu. Mais malgré tout, les enfants aiment bien. C'est pour les enfants, non ?

TONTON.– Oui, Noël c'est pour les enfants.

GENGIS.– Oui, Noël c'est pour les enfants.

TONTON.– Oui, c'est pour les enfants, les enfants aiment bien.

GENGIS.– Oui, Noël c'est pour les enfants.

TONTON.– Oui, Noël c'est pour les enfants.

GENGIS.– Oui, Noël c'est pour les enfants.

TONTON.– Oui, Noël c'est pour les enfants.

GENGIS.– Oui….. Pourquoi c'est pour les enfants ?

TONTON.– Parce qu'ils ont des cadeaux.

GENGIS.– Sales mômes gâtés. Cette avidité dans le regard, déjà en train de chercher le cadeau suivant avant même d'avoir ouvert celui qui est dans leurs mains crasseuses.

TONTON.– Autrefois c'était une période d'une grande spiritualité.

GENGIS.– Oui la fête du Divin Bouc émissaire.

TONTON.– Ah oui, que Dieu le bénisse.

GENGIS.– Le monde ne veut pas de faveurs maintenant hein tonton ? Il n'a pas besoin de ce pervers.

TONTON.– Toute superstition locale a été éradiquée.

GENGIS.– Merde. J'avais une idée vraiment bonne à l'instant, et je l'ai oubliée.

TONTON.– Oh allez, qu'est-ce que c'était ?

GENGIS.– Non – elle m'est complètement sortie de la tête.

TONTON.– Ça avait rapport à quoi ?

GENGIS.– Laisse tomber, tonton.

TONTON.– S'il te plaît.

GENGIS.– J'ai de la confiture sur le nez, comment elle est arrivée là ? Aïe ! Maintenant je me la suis étalée dans l'œil !

TONTON.– Ce dont nous avons besoin c'est de quelqu'un pour guider la cuillère royale.

GENGIS.– J'ai décidé d'user de ma position de grande autorité et influence pour dire cette simple chose au peuple en langage clair : je veux remplacer le système économique actuel par autre chose basé sur la paix l'amour et la compréhension, et aussi sur le bon sens. Je vais l'annoncer.

TONTON.– Gengis non, ça contrarie les gens.

GENGIS.– Ne savent-ils pas ce qu'est l'amour ?

TONTON.– Non ils ne savent pas.

GENGIS.– *(il soupire)* Tonton, j'ai trop pensé ça m'a donné une érection. Tu n'aurais pas un de ces ordinateurs ?

TONTON.– Je pourrais t'avoir une calculatrice.

GENGIS.– Pour quelle sorte d'homme me prends-tu ?

TONTON.– D'accord, une télé à écran panoramique et son surround.

GENGIS.– Et son quoi ?? Diable c'est quoi ce machin ?

TONTON.– Elles sont bon marché mais elles ne te brusqueront pas.

GENGIS.– Oui, et tu te retrouves avec des boutons sur la bite.

TONTON.– Pas si tu fais attention.

GENGIS.– Je ne veux pas faire attention.

TONTON.– D'accord, qu'est-ce que tu dirais d'une chaise de jardin ?

GENGIS.– Mmm. Une chaise de jardin….

TONTON.– Ou une demi-douzaine.

GENGIS.– Hmmm !!

TONTON.– Pliantes. En plastique blanc.

GENGIS.– *(il ricane)*

TONTON.– Motif floral, avec bouton-déclencheur du désodorisant d'atmosphère, prêt à l'emploi.

Gengis se retourne, s'éloigne.

Qu'est-ce qu'il y a ?

GENGIS.– *(il rit un peu, embarrassé)* Pardon tonton *(il se retourne à nouveau vers tonton).*

TONTON.– Quoi ? Beurk !

Il regarde le pantalon de Gengis et voit que Gengis a joui dedans. Ça dégouline.

GENGIS.– Ça me plaît bien le téléachat.

TONTON.– Tu as besoin de sortir un peu.

GENGIS.– *(il s'assied, respirant bruyamment)* J'ai besoin de me reposer maintenant. Laissez-moi dans ma Royale solitude.

TONTON.– Impossible je crains. Tu vois, ton téléphone mobile sonne.

GENGIS.– Oh zut, où est-il maintenant ?

TONTON.– Il est dans le bus, à dix minutes de la maison. Il veut te dire quelque chose mais tu dois attendre qu'il arrive.

GENGIS.– Vachement sympa. J'ai besoin de me reposer.

On entend un « clic » très fort, suivi d'un vent sibérien.

Qu'est-ce que c'était ?

TONTON.– Ça c'était le Gulf Stream qui a été coupé. Tu vois, le ciel devient noir et les rivières sont en crue. Le fond de l'air est tellement frais, bonté divine. Mettons les mitaines ! Saute dans ton canoë ! Soit la pollution a augmenté, soit la production d'oxygène des arbres américains a chuté.

GENGIS.– Écoute tonton, je vais juste aller faire un tour si ça ne te fait rien, je vais aller me chercher un hamburger poulet à la mousse de poisson. C'est si épicé, encore plus épicé, épicé, épicé, épicé, miam-miam, exquis Mmm, tout chaud tout flambant le hamburger à la mousse de poulet. Ça a le goût du putain de porridge, je meurs d'impatience.

TONTON.– Une brochuuure est arrivée, Votre Exquisité, mettant en lumière ta politique sur… euhm.. je ne sais trop quoi.

GENGIS.– Ma politique ?

TONTON.– C'est ce que ça dit.

GENGIS.– Hmm. Et euh.. qu'est-ce qu'il en est ?

TONTON.– Vraiment très impressionnant. Plus de quelque chose pour huit pour cent des moins de cinq ans, et moins de quelque chose d'autre pour… quelqu'un d'autre. Et plein de trucs à propos des jeunes.

GENGIS.– *(exceptionnellement agressif)* Encore ? ! Ô non !! Je déteste les jeunes ! J'aimerais ouvrir une usine spéciale où les jeunes pourront faire leurs propres vêtements, tu sais Otage en Entreprise, un nom comme ça.

TONTON.– Stage en Entreprise.

GENGIS.– C'est ça. Une très très grande usine à sueur où ils pourront coudre des étiquettes sur leurs corsages.

TATA.– Et leurs droits de l'homme ?

GENGIS.– Non applicables.

TATA.– Ô !

TONTON.– Il délire tata. Il devient intelligible, et quand il est intelligible il est ennuyeux.

VII

GENGIS.– Tata il y a quelqu'un qui crie dans la rue.

TATA.– C'est un écho mon chéri, un écho du passé.

GENGIS.– Tu penses que c'est quelqu'un en détresse ? Est-ce que je devrais aller à son secours ?

TATA.– Est-ce que tu as le temps ? N'es-tu pas occupé à cent pour cent avec la gestion de ton style de vie ?

GENGIS.– C'est par une gestion attentive de mon style de vie que je peux avoir du temps libre pour secourir les autres. Écoute tu entends ça ?

VOIX VENANT DE LA RUE.– Au secours, au secours ! Ô je vous en supplie au secours !

GENGIS.– C'est peut-être quelqu'un en train de mourir de solitude ou de faim ?

TATA.– Ou bien un loupé dans son plan de carrière ou la vente de sa maison est tombée à l'eau.

GENGIS.– Tu penses ?

TATA.– De nos jours c'est ce genre de problèmes-là, Gengis.

GENGIS.– D'accord, je vais faire comme si de rien n'était alors.

Il se met à faire quelque chose.

VOIX VENANT DE LA RUE.– Au secours au secours ! Ô je vous en supplie venez à mon secours !

Un temps long.

Ô je vous en supplie au secours !

Un temps long.

Silence.

GENGIS.– Tu aimes le double vitrage ? Moi j'aime pas. C'est… ultra-moche.

Un temps.

Et j'aime bien un petit courant d'air. C'est sain.

TATA.– Le double vitrage c'est attrayant, propre et net. J'aime bien les choses modernes, je les aime grave.

GENGIS.– Tu sais cette affaire de profit ? J'ai réfléchi ; ça sert à quoi ?

TATA.– C'est pour financer les hôpitaux et les écoles. C'est pourquoi ça n'a vraiment pas d'importance comment on génère le profit, c'est tout pour la bonne cause. Peu importe que ton achat soit futile, tu fais le bien. Le gaspillage ça n'existe pas. Même ma collection de vingt-cinq mille jouets en peluche a son utilité. En fin de compte elle finance trois hôpitaux et tous les plateaux-repas livrés chez les vieux à Dagenham.

GENGIS.– Je savais que tu dirais ça. Et comment ça fonctionne ?

TATA.– Grâce aux impôts, mon petit Gengis. Des impôts sur le profit que fait le gentil monsieur qui élève mes animaux en peluche.

GENGIS.– C'est très bien… sauf que l'impôt sur les profits ne représente que vingt-cinq pour cent des recettes totales, le reste est l'impôt sur le revenu, et l'impôt sur la consommation, les deux étant un impôt sur le travail, pas sur le profit.

TATA.– Gengis, c'est important de ne pas ennuyer les spectateurs.

GENGIS.– Bon d'accord. On se fait une petite pause ?

TONTON.– Oui.

GENGIS.– O.K.

TONTON.– Qu'est-ce qu'on va faire pendant la pause, hein ?

GENGIS.– Si on faisait des blagues à deux balles sur des cibles faciles ? La Famille Royale.

TONTON.– Hahahahahahaha.

GENGIS.– Le pape.

TONTON.– Hahahahahahahaha.

GENGIS.– Les Anglais qui s'essayent à la religion.

TONTON.– Hahahahahahahaha.

GENGIS.– Le Morris Dancing[7].

TONTON.– Hahahahahahahahaha.

GENGIS.– Les choses légèrement démodées.

TONTON.– Hahahahahahahahahahahahahaha.

GENGIS.– L'establishment – tel qu'il était en 1958, pas le nouveau. *(il désigne d'un geste son environnement immédiat)*

TONTON.– Hahahahahahahahahahahahahahahahahahahaha.

GENGIS.– Tais-toi.

TONTON.– À propos, puisque tu abordes le sujet, le peuple se plaint des impôts, Votre Superficialité Royale.

7. *Morris dance* : danse folklorique anglaise. (n.d.t.)

GENGIS.– Ah bon ? J'attendais ça. Eh bien, voyons un peu ; qui se plaint ?

TONTON.– Les très pauvres.

GENGIS.– Ils n'en payent pas. Quelqu'un d'autre ?

TONTON.– Les pauvres.

GENGIS.– Ils payent très peu, et obtiennent beaucoup. Suivant ?

TONTON.– Les presque pauvres.

GENGIS.– Les presque pauvres se plaignent ? Mais sans impôts ils *seraient* pauvres, parce qu'ils ne peuvent pas se permettre de payer quoi que ce soit eux-mêmes.

TONTON.– Ils sont d'accord Sire, et ils sont reconnaissants pour les écoles et les hôpitaux, mais eu égard au fait que leur paye est si petite ils n'apprécient pas qu'elle devienne encore plus petite.

GENGIS.– Je présume que c'est une sensation à laquelle ils sont bien habitués puisqu'ils doivent l'éprouver à chaque fois qu'ils dépensent de l'argent. J'aimerais les voir le dépenser plus judicieusement que de la façon dont je le dépense pour eux. Dis-leur d'aller se faire foutre.

TONTON.– Oui, milord.

GENGIS.– Quelqu'un d'autre ?

TONTON.– Les industriels sire, et les classes moyennes : tous ils détestent l'impôt.

GENGIS.– Bon d'accord, supprime-le.

TONTON.– *Très* judicieux Sire. La livre dans votre poche, nous leur dirons, est enfin en sécurité. Faites-nous confiance, faites confiance au gouvernement de l'impôt *zéro.*

GENGIS.– Oui supprime-le. Chacun pour soi. Pas d'écoles, pas d'hôpitaux. Maintenant voyons où les capitaines d'industrie trouveront les trente-huit milliards dépensés pour apprendre à leurs employés à lire et écrire et à branler leurs ordinateurs, et les quarante-trois milliards dépensés chaque année pour réparer leurs intestins déglingués à force d'être sodomisés sur leur lieu de travail et les guérir afin qu'ils soient en état de retourner au boulot pour limiter les heures de travail perdues.

TONTON.– Ah.

GENGIS.– Soudain l'impôt a de nouveau la cote auprès de l'industrie.

TONTON.– Et les gens des classes moyennes, ma majesté, peut-être ont-ils l'impression qu'ils peuvent s'offrir les services essentiels dans le privé ?

GENGIS.– Et pourtant, et pourtant, nos écoles et nos hôpitaux, aussi mauvais soient-ils, ils tiendront absolument à les utiliser non ? C'est vraiment curieux.

TONTON.– Oui, c'est vraiment curieux.

GENGIS.– Et en fait c'est eux qui veulent qu'ils soient meilleurs.

TONTON.– Ha ha oui !

GENGIS.– Alors ils ont intérêt à payer putain.

TONTON.– Qu'ils payent. Non, personne ne donne rien pour rien.

GENGIS.– Personne ne fait même le simple geste de ramasser un bout de papier pour le mettre dans la poubelle. En parlant de poubelles, j'aimerais te présenter quelqu'un de mon quartier.

Il fait entrer Annie.

TONTON.– Quelle jeune femme extrêmement séduisante. Puis-je m'enquérir du lieu de votre résidence personnelle ?

ANNIE.– Finsbury Park[8].

TONTON.– Hmm très chic. J'ai visité bien des fois les jardins

8. *Finsbury Park* : quartier populaire au nord-est de Londres. (n.d.t.)

d'agrément là-bas.

ANNIE.– Je suis infirmière, à vrai dire.

TONTON.– Ah… Je crois que je me souviens… Vous me rappelez quelque chose de très agréable. J'ai beaucoup entendu parler de vous.

GENGIS.– Bon, mets-toi là tonton, j'aimerais illustrer quelque chose.

TONTON.– Illustre, illustre, mon garçon.

GENGIS.– Bon, disons qu'il y a quatre personnes dans cette économie. Annie, qui est infirmière et qui prend soin de notre.. bien-être ; moi-même, un agriculteur qui fournit la viande pour les sandwiches au bœuf pour Annie et nous tous ; tata qui fournit les tranches de pain entre lesquelles le bœuf est inséré ; et puis il y a tonton qui fabrique des jouets en peluche.

TONTON.– Quelle sorte ?

GENGIS.– De doux minous roses, ce sont ceux que tata préfère tout particulièrement.

TONTON.– O.K.

GENGIS.– Bon –

TONTON.– Puis-je poser une question ?

GENGIS.– Oui, d'accord.

TONTON.– Est-ce que je fournis un service après-vente à la clientèle pour le maniement et la révision des minous ?

GENGIS.– Eh bien, je suppose…

TONTON.– Je pense que c'est bien normal vu les circonstances.

GENGIS.– O.K. Bon, la question est, du travail de qui la société peut-elle se passer ? Qui, par exemple, fournit les soins de santé ? Est-ce que c'est tonton ? Ou est-ce que c'est Annie ?

TONTON.– Je dirais que c'est bien évidemment Annie qui fournit cet article on ne peut plus précieux.

GENGIS.– Merci tonton. Ce n'est pas toi alors ? Tu ne le finances pas d'une certaine manière ?

TONTON.– Non, car je fais des jouets en peluche, quoique sans doute je les fournis à tout le monde, pas simplement à tata par exemple, mais aussi à Annie ici même ?

GENGIS.– Tout à fait probable. Alors au travail de qui pouvons-nous renoncer ? Au mien et à celui de tata, qui produisons les sandwiches au bœuf dont nous nous nourrissons tous, ou à celui de tonton avec ses jouets en peluche.

TONTON.– Excuse-moi une minute, mais ça dépend non, Gengis, du type de société que nous voulons. Je veux dire, ce n'est pas toujours aussi net que ça. Peut-être, bon je vous prie de m'excuser chère madame si je prends la liberté de dire cela, peut-être qu'Annie ici même choisirait, en certaines occasions, de se passer d'un sandwich au bœuf si elle avait besoin de faire réviser son minou rose ; et cela voudrait dire plus de travail pour moi et le chômage pour vous. Pardonnez mon audace.

ANNIE.– Pas du tout, ma foi.

TATA.– Eh bien, je ne suis pas du tout de cet avis. Je ne veux une infirmière que quand je suis malade. Le reste du temps, ma priorité c'est de faire réviser mes minous roses convenablement.

TONTON.– Allons voyons…

GENGIS.– Il ne devrait y avoir des infirmières que quand tata est malade ; le reste du temps elles pourraient travailler pour tonton peut-être ?

TONTON.– À mes côtés hein ? Eh bien, pourquoi pas ? Si vous n'avez aucune objection ma chère ?

ANNIE.– Aucune, ma foi.

GENGIS.– Oui, mais disons, disons qu'il y a une épidémie de vérole qui gagne, et on a tous besoin de soins de santé. C'est peut-être le moment pour tonton d'aller travailler aux côtés d'Annie. Mais il y a conflit d'intérêts.

TONTON.– Comment cela ?

GENGIS.– Parce que, tonton, bien que tout le monde ait déjà acheté un de tes jouets en peluche, tu as mis des panneaux disant « Tous les bons parents achètent au moins cinq jouets en peluche pour leur enfant ».

TONTON.– Un beau coup de ma part, si je peux me permettre. Autrement je serais au chômage.

GENGIS.– Oui, un beau coup parce qu'autrement il pourrait sembler préférable pour les parents de s'assurer qu'il y a des soins de santé pour leurs enfants afin qu'ils évitent la vérole. Mais en fait les petits panneaux marchent très bien et tout le monde croit que ce que tu dis est vrai. Personne ne veut être considéré comme un parent dénaturé, et donc on envoie Annie travailler à mi-temps pour tonton, donc maintenant il n'y a pas assez de soins de santé. Pas seulement ça, mais on récompense tonton en lui donnant une maison plus grande à lui qu'à n'importe qui d'autre, une grosse voiture et tous les sandwiches au bœuf qu'il peut manger de sorte qu'il devient gros, pendant que d'autres ont faim. Et pour couronner le tout on ne dit pas seulement que c'est tonton qui finance les soins de santé, et que sans lui il n'y en aurait pas du tout, mais que sans lui curieusement il n'y aurait *rien* du tout et que tout s'effondrerait.

TATA.– Je ne vois pas où est le problème. Je serais disposée à payer un supplément pour révision rapide.

ANNIE.– Qui ne le serait pas.

TONTON.– Allons, allons.

VIII

GENGIS.– Tu sais mon peuple, étrangement, ne semble pas avoir de possessions. Pourquoi est-ce ainsi ?

TONTON.– Parce que nous ne lui en vendons pas.

GENGIS.– Mais ils ne font rien d'autre que d'acheter des choses.

TONTON.– Non, pas à strictement parler, pas des choses en tant que telles. Plutôt des riens, mais avec les noms de ces riens écrits dessus. C'est le nom qu'ils achètent.

GENGIS.– Mais où sont tous les riens… il doit y en avoir une énorme quantité… éparpillés partout ?

TONTON.– Non. Nous avons conçu les riens pour qu'ils s'autodétruisent en seulement quelques semaines, laissant plein d'espace pour l'achat de nouveaux riens pour les remplacer.

GENGIS.– Et pourtant il semble rester remarquablement peu d'espace.

TONTON.– Oui, il y a la petite question des débris. Oh oui, nous disséminons les débris de tous côtés, aussi près du Nigéria que nous pouvons. C'est une solution globale pour une planète globale.

GENGIS.– Ne vaudrait-il pas mieux que nous fassions moins de riens pour sauvegarder le peu d'espace qui reste ?

TONTON.– Non, *au contraire,* nous devons accélérer le rendement de la production des riens ; c'est une question assez urgente.

GENGIS.– Une question urgente ? Pourquoi donc ?

TONTON.– Parce que les matières premières s'épuisent.

GENGIS.– Les matières ? Pour faire des riens ? Pas possible ?

TONTON.– Oh si, on utilise énormément de matières, et elles s'épuisent vite.

GENGIS.– Ah oui ?

TONTON.– Oui, il n'y en aura plus du tout en août 2038 pour être précis. Donc il n'y a pas de temps à perdre. La croissance c'est ça dont nous avons besoin, aucun doute là-dessus.

GENGIS.– Non, nul doute là-dessus.

TONTON.– La croissance, la croissance, la croissance.

GENGIS.– Oui ! oui ! oui ! Nous ne voulons pas que l'économie se resserre non ?

TONTON.– *(il hurle)* Rien que d'y penser !

GENGIS.– Mettons-nous d'accord pour ne plus jamais parler de ça.

TONTON.– Pas même une seconde nous nous demanderons si la croissance est une bonne chose.

GENGIS.– Jamais, jusqu'à ce que l'obscurité éternelle recouvre la terre et que l'homme ait disparu.

TONTON.– Ça lui fera les pieds.

GENGIS.– Quel connard.

TONTON.– Oui.

IX

GENGIS.– Tonton, ... est-ce que les gens ne sont pas un peu tristes d'avoir tous ces riens ?

TONTON.– Ça leur fait les pieds, ils sont si matérialistes ; nous essayons de les amener à plus de spiritualité.

GENGIS.– Oh je suis touché.

TONTON.– À trouver l'épanouissement…

GENGIS.– L'épanouissement, c'est juste ce qu'il leur faut.

TONTON.– Et un sens de la moralité tout neuf.

GENGIS.– Formidable. Et quand est-ce qu'ils obtiennent ce sens tout neuf d'épanouissement moral et spirituel ?

TONTON.– Quand ils vont faire du shopping.

GENGIS.– Hm…........ pratique.

TONTON.– Oui.

GENGIS.– Pratique parce qu'il y a déjà des parkings.

TONTON.– Exactement. Et donc bien qu'ils *semblent* quitter le superhypermegamarket avec leur Espace pleine de sucre, de sel, d'eau colorée et de trucs cassables et inendurables, en fait, quand les gosses tout-heureux-tout-propres déchargent le coffre dans l'allée dallée ils déchargent des aspirations d'une nature personnelle.

GENGIS.– Sans blague. Pas *trop* personnelle j'espère ?

TONTON.– Non, c'est des familles, c'est propre, c'est des gosses, c'est hip, c'est hop, c'est un mode de vie. C'est *ce* qu'ils veulent être et *qui* ils veulent être.

GENGIS.– Et euh, ... ils déchargent ça du coffre de la voiture ?

TONTON.– Oui. Ensuite ils prennent le sucre et le sel et ils l'injectent directement dans leurs enfants.

GENGIS.– Tu veux dire, un shoot ?

TONTON.– Oui.

GENGIS.– Extra[9]. Et les gosses trouvent la spiritualité de cette façon ?

TONTON.– Oui. Ensuite ils habillent leurs gosses avec des vêtements faits par les pauvres petits doigts d'autres gosses tout autour du globe de toutes les couleurs ; c'est un arc-en-ciel humain. Et nous leur avons dit que quand tu pisses sur quelqu'un, un arc-en-ciel se forme, et quand tu vois un arc-en-ciel tu dois faire un vœu ; et dans ce vœu tu dois inclure l'espoir que tous les petits enfants arc-en-ciel puissent un jour être comme toi, et faire leur shopping dans une grosse voiture avec *Maman* et *Papa*, et *toutou* et ne pas être sales et pauvres et ne plus être des merdes humaines, parce que nous les *aimons*, nous les *aiiiimons* tant tant tant que nous les shhhshshshshoppons, leurs petits corps bruns, en attendant de les emmener à la maison avec nous et de les manger ; et notre vœu est accompli à chaque fois que nous voulons un vêtement, ou un système informatique, ou une

9. *Neat* : mot très américain dans cet emploi. Il sera traduit à chaque fois par « extra ». (n.d.t.)

stratégie de business, ou un biscuit, ou un *cookie*, ou que nous buvons une tasse de *caaaffé* dans un putain de *Mac-caaaffé* au coin de la rue[10].

GENGIS.– Eh bien, je suis soulagé d'entendre ça, tonton. J'étais inquiet, tu sais, du tour que prennent les choses.

TONTON.– Oui nous étions tous inquiets. Il y a tellement de quoi s'inquiéter.

GENGIS.– J'étais en surcharge d'inquiétude, comme ils disent. J'étais inquiet pour –

TONTON.– N'ajoute rien. Ne t'inquiète pas.

GENGIS.– Tonton est-ce que tu as une franchise pour une marque de café appelée Arc-en-ciel ou quelque chose comme ça, tu n'arrêtes pas de parler d'arcs-en-ciel et de café ?

TONTON.– Arc-en-ciel et café ne sont pas que des mots, Gengis, c'est un mode de vie – c'est un mode de mort aussi, et tout le reste dans l'intervalle.

GENGIS.– Est-ce que je peux acheter ça quelque part ?

TONTON.– Pas d'obligation d'achat. Chez Café Arc-en-ciel nous ne voulons pas que tu achètes notre produit comme le font d'autres compagnies, nous n'attendons de personne plus que ce qu'ils peuvent se permettre ; pour certains d'entre nous cela signifie faire une pause dans notre vie affairée et passer un moment de qualité avec une tasse de Café Arc-en-ciel, ou simplement faire un saut dans une de nos demeures de repos pour méditer et décompresser avec des gens de même sensibilité autour d'un Cap o' Chino mousseux. Et, hé, si c'est tout ce que tu peux te permettre, c'est cool. À condition que quand tu te trouveras devant ton dieu à la fin de tout tu puisses dire : j'ai fait ceci, ou cela, qu'est-ce que *vous* avez fait ? Krishnamurti, ou Jésus, ou Aslan l'Invincible, ou Jéhovah, ou M. Islam ? Parce qu'il y a des gens, de vrais frères de l'arc-en-ciel, qui dorment, mangent et vivent le café ; ils le cueillent, ils le font fondre, ils l'emballent dans des emballages emballé-sous-vide-fraîcheur-garantie, spécialement

10. Dans cette réplique, les mots en *italiques* sont dits avec un accent américain. (n.d.t.)

pour toi. C'est le message qu'ils t'envoient. Ce que tu veux en faire, c'est à toi de décider. Et puis le soir, quand leur journée de travail est finie, ils se relaxent et sourient au soleil brun café, et ils rêvent juste… ils rêvent d'un monde meilleur, un monde arc-en-ciel, et nous te demandons juste de partager ce rêve, juste une minute chaque jour. Est-ce trop demander ? Je ne sais pas.

GENGIS.– Donc ce que tu dis tonton, c'est que tu veux que les gens boivent ta marque de café ?

TONTON.– Oui.

GENGIS.– Je crois que je préfère le thé.

Fin de la première partie.

DEUXIÈME PARTIE

X

GENGIS.– Ça ne va pas, j'ai eu ma dose, je vais me rebeller ; je vais me donner pour mission d'essayer de persuader chacun dans le monde de ne pas être aussi cupide et aussi stupide, et de se contenter de ce qu'il a, et d'être aimant et pacifique envers tous les hommes. Qu'en dites-vous ?

TONTON.– Eh bien, bonne chance, Gengis.

TATA.– Oui, bonne chance.

TONTON.– Oui. *(il lui serre la main)* Bravo mon vieux.

TATA.– Oui. Bravo, Gengis, très gentil de ta part..

TONTON.– Fais-nous savoir comment tu t'en sors.

TATA.– Envoie-nous un fax, ou un e-mail.

TONTON.– e-maile-nous.

TATA.– Oui, e-maile-nous un fax. Envoie-nous du surf.

GENGIS.– Je vois. Et vous deux qu'est-ce que vous allez faire ?

TATA.– On restera ici pour monter la garde..

TONTON.– Oui, ne t'occupe pas de nous.

TATA.– Nous avons plusieurs achats-clé à faire.

TONTON.– Et le ménage..

TATA.– Oui, il y a le ménage à faire.

GENGIS.– Hm… J'ai un peu l'impression que vous méprisez ma toute nouvelle nature aimante et bonne, vous semblez trop occupés pour me parler.

TATA.– Ah oui Gengis ; mais c'est la principale difficulté que tu vas rencontrer.

TONTON.– Oui, les gens feront ça tout le temps.

GENGIS.– Ils feront ça ?

TATA.– Oui, c'est pourquoi nous ne sommes pas aimants et bons, nous.

TONTON.– Autrement nous le serions, n'est-ce pas ?

TATA.– Oh oui, bien sûr nous le serions. Et au fond de nous, nous le sommes vraiment..

TONTON.– Oh oui, nous le sommes vraiment vraiment. Mais le monde, tu vois Gengis, n'est pas aimant et généreux.

TATA.– Donc nous devons nous préparer, par exemple, à être un peu réservés quelquefois, un peu, juste un peu, moins que trop généreux..

TONTON.– Un peu froids avec les gens quelquefois.

TATA.– Oui, un peu froids, ou *a little cold.*

TONTON.– Quelquefois tu dois absolument faire passer ta famille et toi-même d'abord avant d'aller partout aider tout le monde.

TATA.– Oui, quelquefois, parce que le monde est ce qu'il est, tu dois dire : Désolé mon pote, je ne peux absolument pas t'aider aujourd'hui, j'ai une famille à nourrir..

TONTON.– Oui, exactement. La charité commence par soi-même.

TATA.– Oui, et quelquefois tu dois dire : S'il vous plaît ne m'embêtez pas, je suis une femme.

TONTON.– Ou un homme.

TATA.– Ou un homme, et je rentre à la maison à pied, toute seule. Et quelquefois parce que le monde est ce qu'il est, tu dois dire : Alors c'est ça ton petit jeu hein ? Attends un peu tu vas voir !

TONTON.– Il y a des gens, Gengis, qui sont vils, rien ne les arrêtera.

TATA.– Oui, ils ne se soucient que d'eux-mêmes.

TONTON.– L'homme est un loup pour l'homme dans ce monde, mon petit Gengis.

TATA.– Tu dois avoir des yeux dans le dos tout le temps, c'est toutes griffes dehors. Tu ne peux pas simplement donner à ces gens un panier de fruits en espérant qu'ils s'en iront poliment, ils ne s'en iront pas.

TONTON.– Quelquefois tu dois dire : Écoute vieux, c'est quoi ton putain de problème ?

TATA.– Ils veulent ton boulot. Ils sont armés. Rien ne les arrêtera.

TONTON.– Quelquefois tu dois dire : Tu me cherches ? Hé ? Hé ? Alors viens !! Viens donc !!

TATA.– Oui, et tu dois être prêt, Gengis, à cogner, dur et bien placé, en plein dans les testicules et à continuer jusqu'à ce que tous leurs enfants soient morts.

Silence.

Un temps long.

GENGIS.– D'accord, j'irai tout seul alors.

TONTON.– Quelquefois, Gengis, une intervention militaire est inévitable. Quelquefois ils massacrent des hommes des femmes et des enfants innocents. Que peux-tu faire dans une telle circonstance ?

GENGIS.– Je ne sais pas. Que peut-on faire ?

TONTON.– Tu peux massacrer des hommes des femmes et des enfants innocents à ton tour en réponse.

TATA.– Oui, tout ce qui compte c'est de se rappeler qui a commencé.

XI

GENGIS.– Tonton, ça fait déjà longtemps que je suis attiré par l'idée de marcher à quatre pattes le long du trottoir. Est-ce que ça te dirait de te joindre à moi ?

TONTON.– Non merci Gengis, la peau sur le devant de mes genoux refuse de se plier dans cette direction. D'où vient cette impulsion ?

GENGIS.– Elle vient de ce que je suis très fatigué.

TONTON.– Gengis, peut-être devrais-je saisir cette occasion pour t'annoncer une assez mauvaise nouvelle.

GENGIS.– Ô oui ? Je t'en prie.

TONTON.– Tu n'es plus roi.

GENGIS.– Ah bon ? Je le voyais venir. Que suis-je alors ?

TONTON.– Tu es une espèce de… relique. Un témoignage de ce qu'étaient les choses, une dose de nostalgie, un avertissement aux générations futures, une personne qui tient tout le temps la même conversation, un dingue, un raté, un homme qui marche en criant dans la rue et fait du scandale dans les supermarchés, un chiffonnier, un snob, un Luddite[11], un empêchement, un raseur, un accès de mauvaise conscience, le luth la lyre, la musique folklorique anglaise, mort, enterré, oublié, pas regretté, pas au programme, pas une langue cible, pas une scène-clé, pas une aptitude-clé, pas dans la filière rapide, pas sous prozac, tu n'es pas à la pointe, tu n'es pas dans le magazine, tu n'es pas dans le quiz, tu ne te laves pas, tu es ce que l'on veut tous éviter, le souci dont on n'a pas besoin, le chat en poche, la bibliothèque de quartier, l'homme dans le coin, la fille près du mur, la haie de troènes, le châssis de fenêtre en fer, Mercutio l'intrépide, une érection embarrassante, un épileptique, un casse-couilles, une merde.

11. *Luddite* : de Ned Ludd, ouvrier anglais du XVIIIe siècle : nom donné aux ouvriers du textile révoltés qui ont détruit des machines industrielles en Angleterre (1811-1816), élargi à tout opposant à l'innovation industrielle. (n.d.t.)

GENGIS.– Qui est roi alors ?

TONTON.– La fonction de roi a été abolie.

GENGIS.– C'est chouette. Qu'est-ce que vous avez à la place ?

TONTON.– Une espèce de... manager.

GENGIS.– Il est bon ?

TONTON.– On le remarque à peine.

Gengis glisse de sa chaise. Il s'évanouit. Noir.

XII

TATA.– Tu te sens mieux maintenant Gengis ?

GENGIS.– Qu'est-ce qui s'est passé ?

TONTON.– Tu t'es évanoui et tu as fait des saletés par terre.

GENGIS.– Ne commencez pas à espérer, ça peut arriver à n'importe qui.

TATA.– Bien sûr que ça peut arriver à n'importe qui Gengis.

GENGIS.– Et maintenant je me sens encore plus opérationnel et prêt pour un travail de réformes vraiment exigeant.

TATA.– Merveilleux, est-ce que je prends des notes ?

GENGIS.– Absolument pas. C'est là que le problème commence, comme je vais l'expliquer. Non, tu dois te souvenir de ce que je dis, et si tu ne peux pas t'en souvenir, oublie-le.

TATA.– O.K., je suis fin prête.

GENGIS.– Bon. La première chose à faire est de libérer la langue des griffes de l'ennemi ; je vais abolir le jargon.

TATA.– ...

GENGIS.– Tu as entendu ce que j'ai dit ? Pourquoi tu prends cet air idiot ?

TATA.– Je ne prends pas..

GENGIS.– Tu as entendu pourtant non ?

TATA.– Oui.

GENGIS.– Répète.

TATA.– Tu vas abolir... quelque chose.

GENGIS.– Le jargon.

TATA.– Oui.

GENGIS.– Dis-le.

TATA.– Abolir.

GENGIS.– Le jargon.

TATA.– Mm.

GENGIS.– Abolir –

TATA.– C'est ça.

GENGIS.– Abolir le jargon.

TATA.– Hourra.

GENGIS.– Tata !

TATA.– Quoi ?

GENGIS.– Si tu ne le dis pas je vais faire quelque chose de très désagréable à tes sous-vêtements.

TATA.– Abolir le charabaragouin.

GENGIS.– Dis-le !

TATA.– Abolis-le.

GENGIS.– Euphémismes.

TATA.– Caporalisme.

GENGIS.– Mensonges.

TATA.– Manchette. Mansarde. Mandibule. Abolis-le.

GENGIS.– Il se pourrait qu'on ait quelques problèmes avec ça.

TATA.– Je suis prête.

GENGIS.– Cette nation peut être grande à nouveau. Elle peut se relever de l'humiliation qu'elle s'est elle-même infligée et dire la vérité, tata. Qu'en penses-tu ?

Tata se racle la gorge.

Tata ?

La gorge sèche de tata devient une terrible suffocation et finalement elle est étranglée par son pucelage, et tombe comme morte par terre, ses pantalons autour du cou[12].

Peut-être pas.

Elle reste étendue par terre, haletant à peine.

Tu ferais bien de développer ton aptitude à écouter.

Tonton entre.

TONTON.– Qu'est-ce que tu as fait à ta tante, mon garçon ?

GENGIS.– J'ai accédé à son bidule d'excitabilité.

12. *Ses pantalons* : culotte en lingerie et à jambes de l'époque victorienne, similaire à celle des *Petites Filles modèles* de la comtesse de Ségur. (n.d.t.)

TONTON.– On dirait plutôt que tu l'as étranglée avec sa culotte.

GENGIS.– Elle a accompli cet exploit-là toute seule.

TONTON.– Elle est morte ?

GENGIS.– Elle se trouve certainement à l'un de ses stades-clés de développement.

TONTON.– Ça, par exemple, quelle histoire. Quel impact est-ce que ça aura sur le Programme Excellence pour Tous ?

GENGIS.– Tu veux dire le projet ambitieux de tata de faire entrer l'éducation dans le nouveau millénaire blablabla en appliquant un programme intensif de médiocrité obligatoire à tous les déchets forts en gueule, stupides, paresseux, distraits, barbés, barbants, grossiers, vulgaires, bons à rien, au rebut de toute l'Europe ?

TONTON.– Ça ne va pas très bien mon garçon, calme-toi. Aide-moi à dégager la doublure d'entrejambe de son gosier.

GENGIS.– Suis-moi en exil tonton... je ne peux plus supporter ça.

TONTON.– D'accord, mais faisons vraiment la fête avant que tu ne partes, plaçons-nous vraiment là où le couteau coupe, où la vérité blesse, où les murs s'écroulent sur les mensonges et l'hypocrisie, où l'autosatisfaction mesquine est condamnée à une fuite ignominieuse, où le poison du marketing et du consumérisme, l'avilissement, sont rejetés purement et simplement, où le pusillanime n'ose pas mettre les pieds, où le mot gênant et difficile est prononcé quelles qu'en soient les conséquences, où l'esprit et l'humour ridiculisent la peur.

GENGIS.– Allons au THÉÂTRE !

TONTON.– Au Restaurant.

GENGIS.– Oui, c'est ce que je voulais dire.

XIII

GENGIS.– Tata, j'ai inventé quelque chose.

TATA.– Génial ! Qu'est-ce que c'est ?

GENGIS.– Une télévision.

TATA.– Ce n'est pas nouveau.

GENGIS.– Celle-ci est molle et on peut s'asseoir dessus.

TATA.– Ce n'est pas une télévision.

GENGIS.– Qu'est-ce que c'est alors ?

TATA.– Un derrière.

GENGIS.– Un derrière. En parlant de derrières, veux-tu m'excuser un instant tata, j'ai des invités qui arrivent.

Gengis va dans les coulisses et on l'entend parler à ce qui semble être une très grande foule de gens au bas mot.

(off) Comment osez-vous Monsieur ! Reculez ! C'est mieux. Mm. De l'air frais enfin. Pourriez-vous tous *inspirer* s'il vous plaît ? Inspirez… expirez. Faites de la place là-bas s'il vous plaît ! Ce qu'il me faut c'est un bureau pour moi tout seul. Avancez un peu là-bas s'il vous plaît ! Il y a plein de place à l'arrière.

Tonton entre. Il a l'air d'avoir été quelque peu poussé et bousculé.

TATA.– Qu'est-ce que c'est que ce bruit épouvantable ?

TONTON.– Quelqu'un lui a dit qu'on pouvait faire tenir la population du monde entier debout coude à coude sur l'Ile de Wight.

GENGIS.– *(off)* Non, il n'y a pas d'endroit où garer votre bateau, je regrette. Needles de ce côté, Cowes de l'autre… [13]

TATA.– Est-ce qu'il les a… ?

TONTON.– Tous invités ici en même temps ? Oui.

TATA.– Qu'est-ce que c'est que cette drôle d'odeur ?

TONTON.– Aucune idée… Attends un peu, attends ; ils sont en train de s'installer.

TATA.– Ils sont très agités quand même !

Le bourdonnement venant des coulisses s'arrête.

GENGIS.– *(off)* Voilà. Bon je vous ai tous fait venir ici aujourd'hui pour dire simplement ces quelques mots : « J'espère que nous pourrons tous rester proches quand tout ceci sera terminé. Que la douleur et la souffrance appartiennent au passé. Essayons d'être gentils les uns envers les autres et de partager – à égalité ». Et maintenant mesdames et messieurs. Bien sûr ce n'est pas facile d'organiser un événement tel que celui-ci, et euh… comme nous le savons la Propreté Fait Partie De Notre Style De Vie De Chaque Jour ; dites-le à vos amis. Et donc nous sommes très reconnaissants d'avoir dans notre équipe, pour sponsoriser tout ça, Anal-Diamant – sans qui rien de tout cela n'aurait été possible ; Anal-Diamant – pour des lendemains plus propres ; dites-le à vos amis. Et maintenant un mot de notre sponsor :

TONTON.– C'est moi, tata.

TATA.– C'est *toi* Anal-Diamant ?

TONTON.– Je suis dans l'équipe, pour ainsi dire, oui.

TATA.– Donc c'est toi qui lui as dit –

TONTON.– Chut tais-toi tata : mon discours ! Laisse-moi passer !

Il sort.

(off) Salut les mecs ! [14] Tout le monde s'amuse bien ! Bon, qui de nos jours peut faire la différence entre la liberté de mouvement, jusqu'au

13. *Île de Wight* : petite île de 380 km² (125 000 habitants) sur la côte sud de l'Angleterre, réputée pour ses régates. *Cowes* est le port principal de l'île et un lieu de villégiature chic, *Needles* (aiguilles), un site naturel. Une formule à la mode actuellement prétend que la population du monde entier pourrait tenir sur l'île. (n.d.t.)

14. *Salut les mecs (Hi you guys !)* : dit avec un accent américain. (n.d.t.)

mouvement de l'intestin, et la liberté elle-même. C'est cela que je suis venu vous dire : je veux que Chacun soit libre, chaque homme femme et enfant. C'est pourquoi nous démarrons un programme afin de fournir un pack de régulation de l'intestin à chaque foyer du monde entier d'ici l'année 2010. Dieu soit loué. Anal-Diamant – redonner sa juste place à la science…

Le son baisse.

Gengis entre, content de lui.

GENGIS.– Qu'est-ce que tu lis tata ?

TATA.– Le magazine télé.

GENGIS.– *(par-dessus l'épaule de tata)* Et qui sont ces gens à l'air charmant et appétissant si élégants et propres et décontractés avec une désinvolture espiègle et propres et en pleine forme avec ces grands sourires si propres en couverture ?

TATA.– C'est la famille Hareng. « Comment notre passage à l'émission de télé *Pendus par le cou jusqu'à ce que mort s'ensuive* a changé notre vie et celle de nos enfants ».

GENGIS.– Hm, mignons ces gosses. Ils ont les lèvres un peu bleues.

Le son du discours de tonton aux peuples du monde monte à nouveau des coulisses.

TONTON.– *(off)* … et puisque vous êtes tous là, j'ai quelque chose de très excitant à vous dire : nous allons nous débarrasser de cette semaine de sept jours império-christianique démodée avec ses rétrécissements sabbatatiques socio-hiérarchiques intégrés, avec les marche-arrêt, l'inactivité forcée et le grand gaspillage de ses temps chômés ou « week-end » comme on disait à l'époque victorienne – et la remplacer par un nouveau concept C'est-votre-vie tout beau tout frais, moderne et décimal, l'Unité-de-Vie Anal-Diamant de trente jours ; conçue par un designer pour les gens pressés d'aujourd'hui. Plus jamais votre plan de vie ne sera interrompu quand *ils* le disent tous les six jours ! Au lieu de cela vous pourrez faire ce que *vous* voulez quand *vous* voulez le faire – vous laissant libres de faire vos propres choix, de rencontrer des amis, de sortir pour dîner, ou simplement de vous relaxer devant la télé ! Les Unités-de-Vie, pour les gens d'aujourd'hui.

GENGIS.– On dirait que tonton a besoin de jours ouvrés pour régénérer ses profits en baisse.

TATA.– C'est exact mon chéri ; et ils sont paresseux comme tout et ne veulent que du repos du repos du repos et aller à la pêche l'après-midi, comme Karl Marx.

GENGIS.– Quel ennui.

TATA.– Ce qu'il nous faut c'est un peu d'esbroufe.

GENGIS.– D'accord, envoyez les Américains.

Entre Maurice Goret.

GENGIS.– Qui êtes-vous ? Vous ne frappez donc pas ?

MAURICE.– Je suis Maurice Goret.

GENGIS.– Eh bien, eh bien, eh bien.

MAURICE.– Je suis un Américain.

GENGIS.– Ah oui ? Mais vous n'avez pas d'accent.

MAURICE.– Quoi ?

GENGIS.– Vous savez, Wah wah wah !

MAURICE.– Qu'est-ce que c'est que cette histoire ? Peut-on parler business ?

GENGIS.– Oho le *business* ? J'aurais dû m'en douter ! Oh oui ! Ha ha.

MAURICE.– Je fais une enquête pour la Commission des Activités Inappétissantes.

GENGIS.– Mmm. Et qu'est-ce que vous cherchez, principalement ?

MAURICE.– Tout ce qui est inaméricain, tout ce que nous ne pouvons pas manger. Vous êtes suspect.

GENGIS.– Eh bien, je ne suis pas américain, c'est vrai.

MAURICE.– Non, haha. Nous avons remarqué. Et nous avons remarqué combien peu de ce que vous faites est dans l'intérêt de l'Amérique.

GENGIS.– Non, eh bien, je le regrette.

MAURICE.– Il paraît que vous n'aimez pas les films américains, ni les bananes esclaves américaines, ni les gens en forme de pyramide que nous envoyons comme touristes.

GENGIS.– Non. Non. Ni la façon dont vous engloutissez la nourriture du reste du monde et autres ressources précieuses et polluez la lune et les étoiles et salissez les océans chez les autres et réduisez en esclavage des nations entières, que dis-je, des continents entiers, tout ça afin d'obtenir cette forme de pyramide. Mais ne vous inquiétez pas Maurice, tout ira bien.

MAURICE.– Mais non. Ça n'ira pas bien tant que vous n'arrêterez pas...

GENGIS.– Arrêter quoi ?

MAURICE.– Arrêter de faire des choses que nous trouvons inattrayantes.

GENGIS.– Maurice, Maurice, venez par ici, c'est ça, venez par ici. Bon, Maurice. Vous me tapez sur les nerfs. Bon. Vous voulez une guerre commerciale ?

MAURICE.– C'est de ça que je suis venu vous menacer.

GENGIS.– Je pensais bien. Il fallait que ça arrive. Eh bien essaie donc un peu. Fais-moi plaisir !

MAURICE.– Je le dirai au cochon en chef.

GENGIS.– Dis-lui.

MAURICE.– Soit.

GENGIS.– Va te faire foutre.

MAURICE.– Dieu est de notre côté !

GENGIS.– Viva… Espagna !

MAURICE.– Dollars !

GENGIS.– Bananes subventionnées, tweed écossais, roquefort français. Films sans explosions !

MAURICE.– Disneyland !

GENGIS.– La bibliothèque de quartier !

MAURICE.– Disneyland Paris.

GENGIS.– « Paris Texas ».

Maurice sort.

Oh merde…

TATA.– C'est malin, Gengis.

GENGIS.– Je ne suis pas anti-américain, c'est juste que je…

TATA.– C'est trop tard maintenant.

GENGIS.– Au moins on n'a plus besoin de leur faire de la lèche. Au moins on fait ce que l'on doit faire.

TATA.– Est-ce que ça signifie que l'on peut dire du mal de leur politique étrangère aux infos ?

GENGIS.– Vaut mieux se renseigner d'abord. *(au téléphone)* Allô, Wally, c'est la BBC à l'appareil. Maintenant que nous avons une guerre commerciale avec les États-Unis, est-ce qu'on peut en dire du mal –? Il dit : non on peut pas, au cas où on perdrait.

VOIX.– *(venant de la rue)* Aidez-moi Ô je vous en supplie personne ne va m'aider? Oh mon Dieu! Aidez-moi, aidez-moi par pitié!!

GENGIS.– N'y fais pas attention tata, n'y fais pas attention.

TATA.– Je n'y faisais pas attention.

GENGIS.– Mais si. Ça altère ta respiration. D'ici je peux entendre vagir ton pucelage. Tu es comme un vieil accordéon.

TATA.– Je m'excuse Gengis.

XIV

GENGIS.– Comment on fait une guerre commerciale, tonton?

TONTON.– Je n'en ai aucune idée.

GENGIS.– On leur vendra plus que ce qu'ils peuvent humainement consommer.

TONTON.– Mais les Américains prétendent qu'ils sont capables de consommer la planète entière sans même roter.

GENGIS.– Roter? Roter? Quand j'en aurai fini avec eux ils vont, ils vont... péter! Ma force de vente remplira leurs gosiers si vite qu'ils dégazeront directement par leurs putains de goulots.

TATA.– Somme toute cette guerre commerciale ne me semble pas très agréable. Ça me rend nerveuse et ça me fait peur. Si vous voulez bien m'excuser je vais à la salle de bains.

TONTON.– Qu'est-ce que tu vas y faire?

TATA.– Siffler.

XV

TONTON.– Gengis, il y a un type dehors il dit qu'il aimerait vivement rejoindre la lutte contre le capitalisme.

GENGIS.– Épatant ! Amène-le.

TONTON.– On dirait qu'il est déguisé.

GENGIS.– Il est du genre pauvre et opprimé ?

TONTON.– No-on, c'est un milliardaire.

GENGIS.– J'aurais pu m'en douter.

TONTON.– J'ai son nom secret écrit ici sur un morceau de papier secret.

Tonton fait entrer le visiteur qui porte un tee-shirt Nike.

GENGIS.– Ah, Monsieur.. Ouçamalairmalbarré. Est-ce que j'ai prononcé ça correctement ?

OUÇAMALAIRMALBARRÉ.– *(silence)*

GENGIS.– Alors, eh bien… vous pouvez enlever cette fausse barbe maintenant si vous voulez, ou voulez-vous passer inaperçu ?

OUÇAMALAIRMALBARRÉ.– *(silence)*

GENGIS.– Bon, Monsieur Ouçamalairmalbarré, quel est votre plan ? Doit-on libérer les opprimés par exemple ?

OUÇAMALAIRMALBARRÉ.– *(silence)*

GENGIS.– Doit-on…. donner à manger à ceux qui ont faim ? Un peu de votre argent pourrait se révéler bien utile là…. Le mien est plus ou moins bloqué vous comprenez, dans des investissements.

OUÇAMALAIRMALBARRÉ.– *(silence)*

GENGIS.– Le vôtre l'est aussi ? Sans blague. Oh. Allez dites-moi. Bon, laissez-moi deviner. Où votre argent est-il investi ? Chez Texas Homecare ? Très astucieux, c'est ma grande surface déco préférée. J'ai acheté une fontaine à oiseaux escamotable chez eux ; vous aimeriez la voir ? Oh ? Je vois. Pas la grande surface déco ? Les champs de pétrole ! Oh oui. Oui, ils ne font pas de cadeaux là-bas ! Je vois. Sans blague. Tout votre argent est investi dans de grandes compagnies américaines internationales et l'a été sans discontinuer depuis les années soixante-dix. Fantastique. Eh bien, Monsieur Ouçamalairmalbarré, ce fut un plaisir de faire votre connaissance... revenez nous voir –

OUÇAMALAIRMALBARRÉ.– *(silence, il se lève)*

GENGIS.– Mais, avant que vous ne partiez.... vous ne m'avez pas encore parlé de votre plan. Quels moyens doit-on employer pour apporter le bonheur et la liberté et la spiritualité dans le Jardin de Dieu ?

OUÇAMALAIRMALBARRÉ.– *(il chuchote quelque chose à Gengis)*

GENGIS.– Hmm. Eh bien, merci, mais non merci. N'oubliez pas de prendre votre couvre-chef en sortant.

Ouçamalairmalbarré sort.

Gengis l'observe de la fenêtre. Bruit d'une grosse voiture américaine avec les cris et les rires de beach boys et de filles sur le siège arrière. La voiture s'éloigne.

GENGIS.– Hmm, ... jolie Cadillac. Rose.

TONTON.– Dis donc, il conduit ça comme s'il était né dedans, comme un vrai beauf. Regarde-moi cette beauté, comme ça file. Wooowee !

GENGIS.– Il y a des choses que tu ne peux simplement pas cacher, quelle que soit la longueur de ta barbe.

TATA.– Oh non ! Regardez, des petits gosses traversent la route. Il ne va jamais s'arrêter à temps ! Il va donner un coup de volant et aller droit dans cet arbre !

TONTON.– Il va esquinter son pare-chocs !!!

TATA.– Oh, non, ça va. Il leur est passé droit dessus.

TONTON.– Super suspension. Boing ! Boing !

XVI

Un bombardement intensif de missiles de haute technologie.

TONTON.– *(il entre)* Qu'est-ce que tu fais Gengis ?
GENGIS.– *(de dessous la table)* J'endure la liberté.

TONTON.– Oui, ça peut être ardu parfois.
GENGIS.– Je pensais que c'était censé être une guerre *commerciale* ?

TONTON.– Oui, je pense que ces trucs-là, ça doit être ce qui a à voir avec le commerce des armes.

GENGIS.– Je ne comprends pas. Que devons-nous faire ?

TONTON.– On pourrait faire ce que font les autres bombardés.

GENGIS.– C'est-à-dire ?

TONTON.– Faire semblant de gagner jusqu'à ce que le pays soit en miettes — et alors se rendre.

Une explosion.

GENGIS.– Whaou ! Je suis content qu'ils puissent obtenir une précision chirurgicale avec ces machins-là — celui-ci a presque raté son coup !

Une autre explosion.

Dis-moi, tonton, tu aimes être au cœur de l'événement ou bien tu préfères regarder à la maison avec quelques bières ?

Une autre explosion.

Commence à tricoter un drapeau blanc, tata.

TATA.– *(de là où elle est dissimulée, accroupie sous un meuble)* Nous n'avons pas de linge blanc.

GENGIS.– Sers-toi de ta culotte.

TATA.– Elle n'est... plus blanche.

GENGIS.– Oh zut. Alors hisse le drapeau marron.

TATA.– *(sortant de sa cachette)* D'accord.

Tata apparaît vêtue d'un costume de Wonderwoman : short bannière étoilée etc.

GENGIS.– C'est quoi cet accoutrement tata ?

TATA.– C'est mon costume Divali [15]. Je suis prête pour aller à l'école. En tant que directrice d'école je donne l'exemple dans le multiculturalisme.

GENGIS.– Oh, on dirait plutôt un costume de Superwoman.

TATA.– Oh je sais ; c'est l'intention qui compte.

GENGIS.– Et quelle est l'intention exactement, tata ?

TONTON.– C'est Maurice Goret, l'Ambassadeur des États-Unis, qui se pointe.

GENGIS.– Ah Maurice, Maurice, que puis-je faire pour vous ? Je vous en prie asseyez-vous. *(Gengis enlève quelques décombres à son intention)* Désolé il n'y a pas de coussins luxueux. Vous pouvez vous accroupir sur la figure de tata, si les dents et le nez saillants ne vous dérangent pas ; car vous voyez, c'est une rose anglaise.

MAURICE.– Les mecs je suis venu voir si vous voulez abandonner maintenant. Vous en avez eu assez ?

15. *Divali* : nom d'une fête hindoue. (n.d.t.)

GENGIS.– Ce n'est pas tout à fait aussi simple que ça Maurice. Vous voyez, c'est une guerre commerciale, et nous n'avons pas vraiment l'impression d'avoir fait beaucoup de commerce jusqu'à présent. Il nous reste encore quelques offres spéciales que nous aimerions tester.

MAURICE.– Oh ouais ? Ben, prenez votre temps.

TONTON.– Gengis, un mot. *(à part)* Je croyais que tu allais capituler ?

GENGIS.– Je sais, je sais. Je suis désolé mais la simple vue de Maurice a un drôle d'effet sur mon humeur.

MAURICE.– Quels enfoirés vous ne savez même pas ce que c'est qu'une guerre commerciale hein ? Ha ha ha !

GENGIS.– Tu vois ce que je veux dire ? *(à Maurice)* Je suis à vous dans un petit instant Maurice.

TONTON.– Mais il a raison. Nous ne savons pas ce qu'est une guerre commerciale.

GENGIS.– *(à Maurice)* D'accord Maurice, et si vous nous *disiez* un peu ce que c'est. On préférerait vraiment que vous ne soyez pas planté là avec ce petit sourire narquois, vous voyez ?

MAURICE.– *(grand sourire)* Ben voyons bien sûr !

GENGIS.– Allez-y alors.

MAURICE.– Une guerre commerciale commence quand le commerce n'est pas conduit exactement comme *nous* le voulons, d'une façon qui nous favorise nous et seulement nous. Alors.... l'Amérique, avec sa vaste population, se ferme à vos petites exportations pourries, comme... ben je sais pas, les casquettes Sherlock Holmes par exemple, ou euh, ... euh, je suppose que c'est tout. En tous cas, nous arrêtons simplement de les acheter et vous, euh vous faites la même chose envers nous. Nous on remarque rien parce que le Royaume-Uni est si riquiqui et on peut vendre notre merde autre part, man, parce que le monde entier ne mouille que pour ça, tandis que je sais pas où vous allez bien pouvoir trouver autant de vaches à lait que chez nous pour acheter vos casquettes Sherlock Holmes. C'est qu'il ne reste plus beaucoup de vaches à lait friquées ailleurs.

GENGIS.– *(visiblement soulagé)* Ha ha ! Je ne peux pas le croire ! Est-ce que ça peut être vrai, tonton ? Maurice, vous me faites marcher non ? Vous voulez dire que nous pouvons interdire les importations américaines ? Ha ha ! Vous voulez rire. Quelle félicité !! Le cauchemar est terminé ! Juste au moment où on avait l'impression que c'était trop tard pour la civilisation ! Nous sommes enfin libres ! Ha ha ha !

MAURICE.– Est-ce qu'il est fou ?

TONTON.– Un peu fantasque par moments.

MAURICE.– Un peu quoi ? Vous les mecs vous feriez bien de vous démerder, vous savez.

TONTON.– Nous allons nous démerder.... sur l'heure.

GENGIS.– Tonton, je ne peux pas le croire, je suis si heureux. Maurice, laissez-moi vous remercier. Laissez-moi... vous embrasser sur la bouche.

MAURICE.– Mollo espèce d'homo.

GENGIS.– Le cours d'un destin inéluctable a été changé ; juste au moment où je pensais que tous nos enfants allaient être des Américains, soudain le futur nous revient après s'être absenté si longtemps.

XVII

GENGIS.– Tonton, j'ai remarqué que nous ne sommes pas en train de gagner cette guerre commerciale. Il faut que nous les frappions là où ils sont vulnérables – à l'intelligence.

TONTON.– *Très* héroïque, Ô Super Grand. Extra.

GENGIS.– J'ai décidé de me documenter secrètement sur les fondements de l'industrie américaine en prenant un boulot dans une usine américaine.

TONTON.– De l'espionnage industriel. Comme c'est excitant.

GENGIS.– Emmène-moi alors. Emmène-moi dans une usine immédiatement.

TONTON.– Malheureusement je ne peux pas faire ça.

GENGIS.– Pourquoi pas ?

TONTON.– Il n'y en a pas. Pas à proprement parler.

GENGIS.– Pas à proprement parler ? Pas d'usines américaines à proprement parler ? Mais où est-ce qu'ils font tous les vêtements sport, cousus soigneusement, tissés à la main, faits à la main un par un, créés selon des spécifications de pointe et créés et façonnés et pour lesquels nous pourrions tous tuer ? Et tous les lecteurs soft pour mon mobile hard top ?

TONTON.– Aux Philippines.

GENGIS.– Je ne savais pas que les Philippines étaient en Amérique ?

TONTON.– Non. L'Amérique est aux Philippines. La Grande-Bretagne aussi. Nous mettons le nez dans tout ce qui est juteux.

GENGIS.– Ça semble être l'endroit idéal pour un job d'été.

TONTON.– D'accord, si tu insistes. Voilà ton billet d'avion, Billet Bradé Allons-y Zig-Zig, et voilà le mien, classe Affaires, terrain de golf sur le pont supérieur, lupanar en vol sur le pont inférieur. J'adore les voyages. Tata préparera ton panier-repas.

GENGIS.– C'est gentil de sa part. Je te verrai là-bas ?

TONTON.– Peut-être. Il y a d'autres affaires qui m'attendent. Je pars à la pêche aux cadeaux fiscaux.

XVIII

GENGIS.– Bon, tata, à propos de mon déguisement. J'ai essayé de ressembler à un Philippin. Ça va ?

TATA.– Non, c'est pas du tout ça.

GENGIS.– À quoi ils ressemblent alors ?

TATA.– Difficile à dire. Le problème principal c'est que tu n'as pas le bon sexe ; tu dois être une fille.

GENGIS.– Une fille ?

TATA.– Bon, on peut choisir parmi trente millions de filles à travers le monde ; voilà les photos.

GENGIS.– Hmm, jolies. Je reconnais la moitié d'entre elles pour les avoir vues dans ma Galerie de Minettes Affamées sur mon disque dur bit-net du site galerie de minettes.com.

TATA.– C'était avant que cette perspective d'emploi ne se présente. Elles travaillent toutes ici maintenant. Alors aimerais-tu te rendre à tes appartements ?

GENGIS.– Tu ne travailles pas ici tout de même ? Peut-être es-tu un agent secret comme moi ?

TATA.– C'est ça, Gengis.

GENGIS.– Où on va là ? C'est quoi cette horrible odeur ?

TATA.– C'est une rivière d'eaux usées mélangées avec un délicieux produit d'entretien vécés associé à un désodorisant d'atmosphère. C'est grave propre han ?

GENGIS.– Indubitablement. Je suis content de voir que tu prends encore soin de l'environnement. *(il respire profondément. Bavardant négligemment alors qu'ils se rendent à ses quartiers)* C'est super. Je ne jure que par ça. Le truc super avec un bon désodorisant d'atmosphère c'est qu'en cas de réelle urgence tu peux carrément te le fourrer dans le cul.

TATA.– Bon, voici ton boudoir.

GENGIS.– Comment oses-tu ! Ça, un boudoir ? ce n'est rien que des traînées de crasse par terre. Et il y a des dizaines d'autres filles.

TATA.– Je crains que ce soit ainsi que vivent les Philippins.

GENGIS.– C'est répugnant.

TATA.– Bon, je dois inspecter ta culotte régulièrement pour vérifier que tu as tes règles et détecter le moindre signe d'excitation sexuelle, ce qui n'est pas permis.

GENGIS.– Quel dommage. Pourquoi pas ?

TATA.– On ne peut pas employer de femmes enceintes, elles prennent trop de place, elles pètent trop souvent et ensuite elles veulent du temps libre pour accoucher.

GENGIS.– Je promets que si jamais j'accouche je le mettrai directement dans les cabinets.

TATA.– Oh d'accord alors.

GENGIS.– Bon, et mon salaire ?

TATA.– Seulement une fois que tu auras travaillé. Et une fois que j'aurai fait les déductions que je veux d'avance. Tu me dois trois dollars.

GENGIS.– Des déductions ? Pour quoi ?

TATA.– Le logement, les dépenses de produits d'entretien vécés, la discothèque d'entreprise – travailleuses et travailleurs non invités –

terrain de golf, club de loisirs, piscine, jacuzzi, salon d'internautes, club d'aérobic, étrennes de Noël.

GENGIS.– Hm. Je meurs d'impatience.

TATA.– Pas pour toi ballot, pour nous. Tu ferais mieux d'aller travailler sinon tu seras en retard et nous te virerons et tu devras rentrer à pied chez toi là où était ton village – ça fait quatre-vingts kilomètres sans panier-repas.

Gengis continue à avancer.

GENGIS.– Tonton ! C'est toi ?

TONTON.– Je ne peux pas mentir.

GENGIS.– Eh bien, je suis drôlement surpris de te voir ici. Tu travailles aussi pour les Américains ?

TONTON.– Seulement d'une façon postmoderne ironique.

GENGIS.– Je suis venu ici pour m'opposer à l'Amérique.

TONTON.– L'Amérique n'est pas un lieu, c'est un état d'esprit.

GENGIS.– Dis donc tonton, c'est plutôt déroutant. Tu exploites une main-d'œuvre d'esclaves, tout en ayant la vie facile sur le dos des démunis, tu es un lâche et un collabo… et pourtant tu portes des vêtements de créateur vraiment cool, et tu as l'air tellement cool.

TONTON.– Même nous les cadres dirigeants devons avoir l'air cool de nos jours.

GENGIS.– Tout le monde de nos jours, toutes tes stars favorites et tous tes héros favoris et tous tes amis favoris ; ils sont tous de mèche. Il me faudra continuer la lutte tout seul.

TONTON.– Je pense que tu te rendras compte que tu as pas mal d'heures supplémentaires à faire cette semaine. Il se pourrait que tu sois trop occupé.

GENGIS.– Attends, des heures supplémentaires ? Des heures supplémentaires ? Je travaille déjà quatorze heures par jour !

TONTON.– Nous avons une grosse commande de tee-shirts anti-esclavage.

XIX

GENGIS.– Mes doigts sont usés jusqu'à l'os, regarde !

TONTON.– Très vilain. Bon, est-ce que je peux vérifier ta culotte ?

GENGIS.– Encore ?

TONTON.– Nous devons être vigilants face aux abus. Attends laisse-moi t'aider...

GENGIS.– Merci patron, très aimable... Tu n'as pas l'impression qu'il y a violation de, tu sais, mon domaine privé ?

TONTON.– Oh non, non. C'est tout global maintenant. Tu n'as pas de domaine privé ; ce qui est à toi est à moi.

GENGIS.– Global ? De quelle manière ??

TONTON.– Eh bien, eum.... Nous ne faisons qu'Un.

GENGIS.– Aha. Est-ce que ça veut dire que nous prenons soin non seulement du coin où nous habitons, et des gens comme nous, mais de la planète entière et de tous les gens dessus, avec amour, comme si nous étions tous les mêmes ?

TONTON.– Eum... non ça veut dire que nous utilisons la planète entière comme des vécés et *tous* les gens dessus comme des dames pipi, en donnant à *chacun* une chance de vaporiser un peu de désodorisant d'atmosphère, ou même, hé, qui sait, d'en fabriquer à deux pas de chez lui. Et puis, une fois qu'ils ont fait des économies, ils peuvent *acheter* une bombe de désodorisant d'atmosphère et se la fourrer dans le cul et vaporiser, créant ainsi un environnement frais et accueillant pour la prochaine fois que nous voudrons les sodomiser.

GENGIS.– La chance frappe à la porte.

TONTON.– La chance pénètre sans frapper.

XX

GENGIS.– Tonton, je suis choqué, tu ne devineras jamais ce que je viens de voir entassé à l'arrière de cette usine ?

TONTON.– Quoi donc ma petite fleur de l'Orient ?

GENGIS.– Des centaines de mes nœuds coulants, en une grande montagne.

TONTON.– Eh bien, c'est merveilleux Gengis.

GENGIS.– Mais tu ne comprends donc pas ? Ce que je veux savoir c'est – qu'est-ce qu'ils font ici ?

TONTON.– C'est là que nous les fabriquons.

GENGIS.– Ah oui ? Je pensais que c'était un produit de chez nous, je pensais que c'était des boulots pour nos gars, je pensais que c'était de l'emploi made in Royaume-Uni.

TONTON.– Pas exactement Gengis… non.

GENGIS.– Tu ne devineras jamais ce que j'ai vu d'autre.

TONTON.– Quoi donc, Ô fleur de lotus insondable ?

GENGIS.– Les travailleurs commencent à porter ces nœuds coulants pour leur propre plaisir et leur délectation.

TONTON.– Non !

GENGIS.– Si.

TONTON.– Ils peuvent se les offrir?

GENGIS.– Tu sais comme ils adorent faire de petits sacrifices pour avoir de l'allure. En tout cas, il y en a des douzaines pendus à des nœuds coulants le long des grilles de la clôture électrique. À ce train-là il ne te restera bientôt plus de main-d'œuvre aux doigts agiles.

TONTON.– Hmm... Je vais m'en occuper. En attendant, montre-nous ta culotte.

XXI

TONTON.– Ça va le boulot?

GENGIS.– Je suis tout excité de faire partie de la croissance et du progrès aux Philippines.

TONTON.– Comme nous tous n'est-ce pas? *(il émet un rire dément de cupidité hystérique, qu'il réprime discrètement)* Oui, oui, les injections de cash dans une économie, ça apporte richesse et santé.

GENGIS.– Oui, là où il y a la pauvreté nous apporterons la prospérité, là où il y a l'ignorance nous apporterons la roublardise, là où il y a le désespoir nous apporterons l'ambition, là où il y a les fermes nous apporterons les terrains de golf.

TONTON.– Ça te dit de te joindre à moi et aux autres sous-traitants pour un parcours? Tu pourras être mon caddie.

GENGIS.– Avec plaisir, j'aime bien arrondir ma paye chaque fois que c'est possible.

TONTON.– Je te paierai quinze cents.

GENGIS.– C'est plus que mon taux horaire!

TONTON.– Ce n'est rien. C'est quoi ça dans ta poche ?

GENGIS.– C'est ma nouvelle petite amie et camarade de travail.

TONTON.– Comment elle s'appelle ?

GENGIS.– Lilipuce McMarcos.

TONTON.– Elle est très petite.

GENGIS.– C'est vrai, mais elle travaille très dur.

Un couinement sort de la poche de poitrine de Gengis. C'est Lilipuce qui parle.

LILIPUCE.– Scouic, scouic !

GENGIS.– *(à Lilipuce)* Qu'est-ce que tu dis ?

LILIPUCE.– Scouic, scouic !

GENGIS.– Oh, tu dis que dans le temps tu travaillais à la ferme qui se trouvait là où est maintenant le Centre de Ressources et aire de détente de l'héliport ?

LILIPUCE.– Scouic, scouic !

GENGIS.– Et bien qu'ils vous payent moins et vous traitent comme des chiens et vous font travailler comme des esclaves jusqu'à ce que vous en creviez, ou que vous soyez usés, ou que vous atteigniez l'âge de vingt-quatre ans, vous n'avez pas le choix ?

LILIPUCE.– Scouic, scouic !

GENGIS.– Grosso modo c'est ça, elle dit.

TONTON.– Elle s'exprime très bien non ?

GENGIS.– Je ne l'aime pas que pour sa petite chatte bien serrée, tu sais.

TONTON.– C'est peut-être que tu lui mets les mots dans la bouche.

GENGIS.– Tu veux rire, je ne peux rien lui mettre dans la bouche, j'ai essayé.

TONTON.– Elle m'a l'air d'être une emmerdeuse.

GENGIS.– Hm, tu crois ? Mais moins emmerdante je parie que son père, qui exige un salaire décent.

TONTON.– Bon d'accord, mais je te préviens, si elle tombe enceinte elle sera renvoyée immédiatement.

LILIPUCE.– Scouic, scouic !

GENGIS.– Elle dit qu'un jour elle créera un syndicat, et alors tu le regretteras !

TONTON.– Ce jour-là l'usine déménagera au Kakastan, à tout jamais.

LILIPUCE.– Scouic.

GENGIS.– Bon débarras.

TONTON.– Eh bien, la voilà ta gratitude. Qu'est-ce que je t'avais dit ?

LILIPUCE.– Scouic !

GENGIS.– Elle dit qu'elle sait que quand le Seigneur des Cieux, Mickey McMouse®, le Grand Dieu Américain et sa Princesse Barbie® entendront ça, tous les gredins seront punis. Nous les filles de l'heureux pays des cadeaux fiscaux, aux Philippines et ailleurs dans le monde, nous vivons dans l'espoir de cet heureux moment car nous savons que le Seigneur Mickey® aime tout le monde partout !

LILIPUCE.– Scouic !

GENGIS.– Elle dit que Coca Cola® c'est ça et elle a lu qu'elle le valait bien et qu'elle n'a jamais eu autant de raisons d'être une femme et que tout ce qu'elle a à faire c'est de penser différent et ça sera la vie la vraie et une solution pour une petite planète… [16]

LILIPUCE.– Scouic !

GENGIS.– Méfiez-vous méchant patron d'arrière-garde, car Nike® et Adidas® viendront dans le ciel pour nous sauver, et IBM® mettra à

16. Cette réplique est faite de slogans publicitaires. (n.d.t.)

mort tous les chiens tels que vous. Sherlock Holmes® aussi viendra réclamer ses casquettes et ses chaussures. Vous serez découvert et nous nous envolerons vers l'Amérique terre de liberté et d'égalité, loin des cruautés de notre triste petit pays. Justice® et liberté® et hamburgers gratuits pour tous les bébés dans les ventres®. Le Salut®, grâce aux marques qui ont notre confiance®[17].

TONTON.– Elle a tout compris, cette poulette. Elle est d'un naturel simple et confiant. Est-ce qu'elle porte un de mes tee-shirts, par hasard ?

GENGIS.– Bien sûr ! De l'identité pure pour trois semaines de salaire ! Je peux à peine la voir là-dessous – ça a vraiment du chien.

XXII

Gengis arrive au travail en sifflotant et découvre que tout est parti. Là où se trouvait l'usine il y a maintenant un trou noir.

GENGIS.– Je ne comprends pas ; là où se trouvait l'usine avant, il n'y a maintenant qu'un trou noir. Lilipuce, où es-tu ??

Il l'appelle dans le vide. On entend l'écho comme dans une clairière de forêt.

Est-ce qu'ils sont partis pendant la nuit, ne laissant rien qu'une basket, une bombe de désodorisant d'atmosphère, et une casquette Sherlock Holmes ?

Il a découvert ces objets et il les caresse tendrement.

LILIPUCE.– *(qui a été écrasée dans la boue)* Scouic, scouic !

GENGIS.– Lilipuce ! Qu'est-ce qui t'est arrivé ? Quoi ?? Tu as été écrasée dans la boue par les camions de déménagement ? Tu as essayé de leur barrer le chemin ?

17. Le sigle ® signifie *registered trademark* (marque déposée). Il est utilisé au Royaume-Uni alors qu'aux États-Unis on utilise généralement le sigle ™. (n.d.t.) Ce sigle ne doit pas être dit par l'acteur, il est réservé au lecteur.

LILIPUCE.– Scouic, scouic !

GENGIS.– «Revenez nous exploiter un peu plus», tu as dit, « construisez plusss d'usines plus grosses et plus belles, on ne vous décevra pas, on travaillera même plus dur pour satisfaire tous vos caprices, et on vous aidera à vivre vos vies stupides cupides vides et vaines, on vous aidera à jeter dans les vécés ce qui reste de la planète, et on vivra ces vies stupides avec vous, et on tirera la chasse d'eau sur tout ce que vous voudrez, mais s'il vous plaît ne partez pas, s'il vous plaît ne partez pas, nous ne voulions pas vous créer de problèmes ! » ? C'est ça que tu as dit ?

LILIPUCE.– Scouic.

GENGIS.– Mais ma pauvre chérie Lilipuce, c'est comme si une fille criait à son violeur « Reviens et épouse-moi » !

LILIPUCE.– Scouic.

GENGIS.– C'est ça grosso modo ? Hmm. Mais t'as vu dans quel état tu es ? Qu'est-ce qui s'est passé ?

LILIPUCE.– Scouic, scouic.

GENGIS.– Ils t'ont passé dessus en camion ?

LILIPUCE.– *(faiblement)* Scouic.

GENGIS.– Oh, ma pauvre petite Lilipuce ! Pardonne-moi !

Tonton entre. Il porte un jeu de clubs de golf et une petite valise.

TONTON.– Tu es encore là à traîner dans les parages hé Gengis ? Attention que les agents de sécurité ne te donnent pas à bouffer à leurs chiens.

GENGIS.– Où est-ce que tout est passé ?

TONTON.– Nous nous installons en Chine. Le coût de la main-d'œuvre qui monte en flèche ne nous a pas laissé le choix. En Chine nous ne les payons pas du tout, et quand ils sont devenus vieux ou usés, les travailleurs sont tout simplement liquidés et remplacés par des nouveaux.

GENGIS.– C'est horrible.

TONTON.– Oui, mais ça maintient le coût d'une paire de baskets aux environs de cent vingt livres.

GENGIS.– Tu devrais avoir honte.

TONTON.– Je suis tout à fait d'accord, c'est pourquoi je suis si content que nous ayons réussi à débarrasser notre pays de ces terribles pratiques à la Dickens, et à installer la Grande-Bretagne dans le prochain millénaire avec une économie dynamisée moderne et efficace qui peut supporter le style de vie des gens d'aujourd'hui. A propos je peux vérifier ta culotte ?

GENGIS.– Laisse ma culotte tranquille bon sang ! Tu as écrasé Lilipuce !

TONTON.– Je ne t'ai même pas touché.

GENGIS.– Et maintenant elle est en train de mourir, dans la boue. Regarde-la. Est-ce que tu trouves normal qu'une jeune fille philippine meure pour soutenir le goût affreux de tata dans des choix de style de vie ?

TONTON.– Je regarde, et ce que je vois me dit – hier. Juste ça. Hier. Je ne m'intéresse qu'à demain. De nouveaux horizons pour un nouveau monde.

XXIII

De retour en Grande-Bretagne.

GENGIS.– Dis donc c'est super d'être de retour à Londres, Angleterre. Je te présente mon papa, Soul Prestige, et ma maman, Vicky O'Régime.

TONTON.– Salut-ça-va.

GENGIS.– Nous avons grandi dans un quartier culturellement défavorisé. Nous avions plus d'argent que de bon sens. Nous n'étions pas pauvres mais nous appartenions à la classe ouvrière…

TONTON.– Oh mince ce que c'est triste ; ce sont les enfants que je plains.

VICKY.– Ouais ben, c'est chacun ses goûts, han ? Pas pauvres ? Riches qu'on était ! [18]

PRESTIGE.– Ferme-la Vicky amour.

VICKY.– À ton aise. Il faut que j'aille travailler un peu sur mes fesses, elles sont vraiment énormes aujourd'hui.

PRESTIGE.– Mets-la en veilleuse Vicky amour.

VICKY.– À ton aise. C'est comme je dis, chacun ses goûts.

PRESTIGE.– Ferme-la Vicky amour. Laisse-moi dire un mot à ce gus et on se casse, O.K. ?

VICKY.– À ton aise, comme je dis –

PRESTIGE.– Vicky ! La ferme ! – *(gentiment)* Bon c'est quoi ton problème mec ?

TONTON.– Rien. Je suis très heureux de faire votre connaissance. Il paraît euhm… il paraît que vous êtes les parents de Gengis.

PRESTIGE.– Ouais, c'est ça. Alors c'est quoi tout ça alors ?

TONTON.– Ça ? Oh c'est une pièce de théâtre.

PRESTIGE.– Oh ouais ? Mon beau-frère il a joué dans une pièce de théâtre. Comédie musicale. Ouais il avait le rôle principal en fait, dans le West End, il s'est acheté une maison à Enfield [19]. Moi je l'ai pas vue. Bon, il a dit qu'il y avait plein de tantouses, tous sans exception.

TONTON.– Oui, c'est ça.

PRESTIGE.– Ben c'est comme je dis, chacun ses goûts han ?

VICKY.– C'est pas une tare d'être une tantouse, Clive.

18. Vicky et Prestige ont un accent populaire figuré par endroits dans l'orthographe. (n.d.t.)
19. *Enfield* : banlieue à la limite nord de Londres, peu favorisée sur le plan culturel, où beaucoup d'habitants appartiennent à la petite bourgeoisie. (n.d.t.)

PRESTIGE.– J'ai jamais dit ça han ? *(à tonton)* Nan, il a dit qu'ils en étaient tous. Mais comme je dis, c'est chacun ses goûts han ?

TONTON.– ... Je voulais juste demander quelque chose à propos de l'enfance de Gengis.

PRESTIGE.– Ouais ben. J'vais t'dire. Tu poses tes questions et moi je vais conduire Vicky à la gym, et si t'as d'autres problèmes t'as qu'à venir me voir et je réglerai ça. T'as mon numéro de portable ?

TONTON.– 0777719748349329329393993934930984874848 ?

PRESTIGE.– C'est ça. Je vais monter à Hoddeston[20], mais je vais redescendre, ... bon, les embouteillages, le centre de Londres... euhm ben, ça va prendre environ dix minutes.

VICKY.– *(elle raille d'un ton réprobateur mais elle est aux anges dans sa culotte)* De la façon dont tu conduis ouais.

PRESTIGE.– La ferme Vicky. Donc ça colle alors ?

TONTON.– Très bien.

PRESTIGE.– Nan, c'est comme je dis. Ils étaient cool, genre t'vois ; mais ils étaient tous pédés. Et les spectateurs. Mais ils le sont, t'sais. À s'habiller comme des filles et tout ça. Nan j'ai rien contre eux. Ma maman était homo. Et mon beau-frère, Camille, il était ouvert comme le port du Havre en fait, c'est pour ça qu'il jouait là-dedans... Et euh, ben ma sœur, elle doit l'être, han Vicky ?

VICKY.– Oh ouais !

PRESTIGE.– *(à tonton)* Ouais. Elle broute euh... des petits sandwiches au jambon, t'vois c'que j'veux dire ? *(il rit)*

Vicky rit.

Ils rient tous les deux presque au point de mouiller leur culotte.

VICKY.– Nan, il l'aime vraiment hein Prestige ?

PRESTIGE.– Ouais, je l'aime vraiment. Si quelqu'un s'avisait de seulement lever un doigt sur elle, moi j'te dis, deux minutes, moi et mes potes, battes de base-ball ; il resterait rien. Il suffit d'un coup de fil.

20. *Hoddeston* : commune du Hertfordshire, au nord de Londres, connue pour héberger une population de nouveaux riches issus de la classe ouvrière. (n.d.t.)

VICKY.– Ouais, il l'aime vraiment. Lui c'est un vrai tendre, han Prestige ?

PRESTIGE.– Ouais, un vrai de vrai. J'ai toujours été comme ça. Un vrai tendre. Vicky dit toujours ça de moi, han Vicky ?

VICKY.– Ouais.

PRESTIGE.– Nan, en fait c'est ce qu'ils disent de moi, han ?

VICKY.– Quoi ?

PRESTIGE.– Ils disent en réalité que si j'étais pas un dur à cuire pareil on penserait que je suis une tantouse.

VICKY.– *(à tonton, désireuse de convaincre)* Ouais c'est vrai qu'ils disent ça.

PRESTIGE.– Passque je suis tellement doux.

VICKY.– Ouais, il est vraiment doux. Où est-ce qu'ils disent ça dis ?

PRESTIGE.– Là-bas au pub ils le disent.

VICKY.– Ouais ben, c'est comme je dis, chacun ses goûts.

PRESTIGE.– Commence pas, Vicky.

VICKY.– Quoi ?

PRESTIGE.– T'as mis tes collants, passqu'on va êt' en r'tard.

VICKY.– Bien sûr que j'ai mis mes collants. Coquin !

PRESTIGE.– On sait jamais. Allez viens salope.

VICKY.– Parle pour toi.

TONTON.– *(à part à Gengis)* Donc Gengis, c'est ta maman et ton papa hein ?

GENGIS.– Oui, enfin plus ou moins.

TONTON.– Qu'est-ce que tu veux dire plus ou moins ?

GENGIS.– Ils sont plus jeunes que moi, tonton. Tu n'as pas vu ?

TONTON.– C'est si difficile à dire de nos jours. Ils avaient l'air tellement mûrs.

GENGIS.– Ouais eh bien Vicky O'Régime a une vingtaine d'années, et Soul Prestige a été disc-jockey à Hoxton il y a dix ans. Il a gagné une fortune.

TONTON.– Hm je vois. Alors pourquoi tu les as présentés comme tes parents ?

GENGIS.– Bon Dieu, tonton ! C'est une quête spirituelle.

TONTON.– Foutaises.

GENGIS.– J'aurais adoré être d'origine bien honnête comme ça.

TONTON.– On en est tous là.

GENGIS.– *(à Vicky O'Régime et Soul Prestige)* En fait, maman, papa, j'ai amené ma nouvelle fiancée pour qu'elle fasse votre connaissance. Elle s'appelle Lilipuce.

LILIPUCE.– Scouic, scouic.

GENGIS.– Elle dit qu'elle est profondément honorée et qu'elle attendait ce moment, c'est le point culminant de sa vie jusqu'à présent.

PRESTIGE.– Ouais, trop mignon.

VICKY.– Gengis, un mot ?

GENGIS.– Oui ?

VICKY.– J'veux pas être méchante ni rien, mais j'pense qu'elle est foutrement trop petite, d'accord ? Le prends pas mal, han ?

GENGIS.– De quelle façon elle est trop petite ?

VICKY.– J'veux pas être méchante ni rien, han ? mais d' nos jours, si t'es pas d' la taille normale tu peux pas vraiment trouver ta place.

GENGIS.– Il faut reconnaître que je l'ai retrouvée écrasée dans la boue, mais maintenant elle s'est remise. Elle s'est préparée à cette rencontre.

VICKY.– Ouais, très bien, j'ai rien contre, han ? mais si elle veut s'entendre avec les gens, va falloir qu'elle soit plusss plus grande, tu m'suis ?

GENGIS.– Elle a travaillé toute sa courte vie et elle est sous-alimentée et timide.

VICKY.– Ouais. Nan, écoute, j'ai rien contre, han ? le prends pas mal ni rien mais comme tu sais, j'ai fait deux fois le tour du monde, alors pas question de m'embobiner avec des boniments du genre « Ô j'suis étranger, faut être indulgent avec moi », parce que je connais déjà tout ça.

GENGIS.– Tu as été à Torremolinos.

VICKY.– J'ai travaillé pour une agence de voyages ouais, oublie pas ça.

GENGIS.– Excuse-moi, Lilipuce dit quelque chose.

LILIPUCE.– Scouic, scouic.

GENGIS.– Elle dit qu'elle peut voir à la taille de ton cul que tu dois être une personne très importante. Dans son village seuls les anciens étaient autorisés à avoir un cul aussi gros que ça. Elle dit que tu es une déesse et elle est fière d'avoir donné les meilleures années de sa vie pour piquer les coutures de ces vêtements que tu portes – car effectivement elle les reconnaît, ils ont été assemblés dans son usine. Elle est heureuse de mourir en sachant cela.

VICKY.– Dis-lui que c'est très beau tout ça mais je les ai achetés à la Shopping City de Wood Green en fait, et c'est des vrais, pas des imitations bon marché, merci bien. Bon si ça lui fait rien y en a qui ont du boulot, ouais ?

LILIPUCE.– Scouic.

GENGIS.– Elle dit, si elle peut se permettre de faire remarquer avec tout le respect qu'elle te doit que les vrais, comme tu les appelles, sont aussi des imitations bon marché pour ainsi dire, vous ne fabriquez plus rien ici maintenant, vos vêtements sont couverts du sang et de la sueur de ses cousins alors ne te joue pas la comédie.

VICKY.– N'importe quoi han ? Clive, dis-leur tu veux ?

PRESTIGE.– Qu'est-ce qu'il y a, poupée ?

VICKY.– Elle me bassine avec mon caleçon mais je l'ai acheté à Wood Green.

PRESTIGE.– *(à Lilipuce)* Écoute amour, on fait pas d' politique, O.K. ? Et voilà, réglé.

VICKY.– J'veux pas être méchante ni rien, mais dis à ta petite copine – on n'aime pas les embrouilles, ouais ?

PRESTIGE.– Laisse tomber Vicky..

TONTON.– Est-ce que vous pourriez déposer tata avec votre Range Rover géante ?

PRESTIGE.– Pas la place mec, faut qu'on aille chercher notre gosse à la maternelle, et qu'on l'emmène à la gym. Puis il a foot, puis français, puis physique nucléaire, puis judo, puis il a soufflage du verre, et relations personnelles, puis bateau à voile, puis parking, shopping, et comment nourrir les singes, danse de salon, puis tchatche afro-américaine, et narguer la police, et techniques de candidature à un poste, han. Pas la place mec.

TONTON.– Est-ce qu'elle peut courir derrière ?

PRESTIGE.– Tous les goûts sont dans la nature.

Vicky O'Régime et Soul Prestige sortent avec le cliquetis de leurs clés de voiture.

LILIPUCE.– Scouic.

GENGIS.– « Peut-on aller en Amérique maintenant ? » Mais pour quoi faire ?

LILIPUCE.– Scouic, scouic.

GENGIS.– Si je ne t'emmène pas en Amérique, terre de Justice, tu ne pourras pas croire que je t'aime ? Mais Lilipuce tu n'as rien compris du tout. Et d'ailleurs, selon tonton, l'Amérique n'est pas un lieu c'est un état d'esprit.

LILIPUCE.– Scouic.

GENGIS.– C'est un menteur ? Mais je ne peux même pas imaginer aller en Amérique ; leur télé est atroce et les parkings sont si grands que tu finis par faire des kilomètres à pied juste pour acheter un litre de lait. On ne peut pas rester ici ?

LILIPUCE.– Scouic.

GENGIS.– L'amour c'est bien mais l'Amérique c'est mieux ??

LILIPUCE.– Scouic.

GENGIS.– C'est le peuple saint, et tu veux aussi être enfin préservée de l'exploitation. Est-ce que je n'ai pas confiance en l'avenir ? Come on baby let's rock and roll ?

LILIPUCE.– Scouic, scouic.

GENGIS.– Tu ne peux pas vivre sans espoir ? Le monde a besoin d'espoir ?

LILIPUCE.– Scouic.

GENGIS.– Quoi ? Un arc-en-ciel ? Oh, oui, je peux voir.. quelque chose...

LILIPUCE.– Scouic.

GENGIS.– L'arc-en-ciel se trouve là où est l'Amérique ? Non je ne veux pas envisager la vie sans espoir. Non je ne voudrais pas te priver de ça.

LILIPUCE.– Scouic.

GENGIS.– Oui, c'est un bel arc-en-ciel.

Tonton entre, il porte un uniforme genre serveur de fast-food.

TONTON.– Hi guys[21]. Quelqu'un veut du café ?

LILIPUCE.– Scouic, scouic.

GENGIS.– Oui, tonton, merci. Lilipuce en meurt d'envie.

TONTON.– Super arc-en-ciel® hein ?

GENGIS.– Oui, c'est extra.

LILIPUCE.– Scouic.

GENGIS.– Oui, elle dit aussi que c'est extra.

TONTON.– Ça fait partie de ce que nous appelons l'expérience de l'espoir ; il se trouve que la plupart de nos clients ne font pas que l'aimer, ils commencent à découvrir que ça les aide à faire face à la déception de la vie elle-même, et peut-être, qui sait, à rêver, à espérer, à envisager, quelque chose de mieux.

GENGIS.– C'est top.

TONTON.– Est-ce de l'art ? Est-ce de la philosophie, ou est-ce juste quelque chose de spirituel ? Qui sait ? Nous l'appelons simplement café – une tasse de café Arc-en-ciel®. – Profitez. – *Enjoy.*

Fin.

21. *Hi guys* : expression américaine qui peut se traduire par *Salut les mecs*. Se prononce « haï gaïz ». (n.d.t.)

éditions **THEATRALES**

Répertoire contemporain

ALLIO (Paul), *Euphoric Poubelle/La Haute Colline*
AZAMA (Michel), *Aztèques*
AZAMA (Michel), *Croisades*
AZAMA (Michel), *Iphigénie ou le Péché des dieux*
AZAMA (Michel), *Le Sas/Bled/Vie et Mort de Pier Paolo Pasolini*
AZAMA (Michel), *Les Deux Terres d'Akhenaton ou l'Invention de Dieu*
AZAMA (Michel), *Zoo de nuit*
AZAMA (Michel), *Saintes familles (Amours fous/Saint amour/Anges du chaos)*
BARRY (Sebastian), *Le Régisseur de la chrétienté*
BÉCHET (Claire), *Suites en ré mineur/Trois soliloques*
BÉKÉS (Pal), *Sous les yeux des femmes gardes-côtes*
BELBEL (Sergi), *Caresses/Lit nuptial*
BELBEL (Sergi), *Après la pluie*
BELBEL (Sergi), *Le Temps de Planck/Le Sang*
BENET I JORNET (Josep Maria), *Désir/Fugaces*
BESNEHARD (Daniel), *Passagères/Épreuves*
BESNEHARD (Daniel), *Malastrana/Neige et Sables/Arromanches*
BESNEHARD (Daniel), *L'Ourse blanche/Internat*
BESNEHARD (Daniel), *L'Enfant d'Obock/Le Petit Maroc*
BESNEHARD (Daniel), *Hudson River, un désir d'exil/Charlotte F…*
BLONDEL (Christine), *William Pig ou le Cochon qui avait lu Shakespeare*
BONAL (Denise), *Honorée par un petit monument*
BONAL (Denise), *Portrait de famille*
BONAL (Denise), *Passions et Prairie/Légère en août*
BONAL (Denise), *Turbulences et petits détails/J'ai joué à la marelle, figure-toi...*
BONAL (Denise), *Les Pas perdus*
BOUCHARD (Michel Marc), *Les Muses orphelines*
BOUCHARD (Michel Marc), *Le Chemin des passes dangereuses*
BOUCHARD (Michel Marc), *Sous le regard des mouches/Le Voyage du couronnement*
BOURGEAT (François), *Djurdjura*
BRUSATI (Franco), *La Femme sur le lit*
CANNET (Jean-Pierre), *Des manteaux avec personne dedans*
CARR (Marina), *La Mai*
CÉSAIRE (Michèle), *La Nef*
CHARTREUX (Bernard), *Rester partir (Une passion sous les tropiques)*
CHARTREUX (Bernard), *Dernières nouvelles de la peste*
CHARTREUX (Bernard), *Un homme pressé*
CHARTREUX (Bernard), *Cité des oiseaux (d'après Aristophane)*
CHARTREUX (Bernard), *Violences à Vichy II*

CHARTREUX (Bernard), *Hélène & Fred*
CHOUAKI (Aziz), *El Maestro/Les Oranges*
COPI, *L'Ombre de Venceslao*
CORMANN (Enzo), *Berlin, ton danseur est la mort*
CORTÁZAR (Julio), *Rien pour Pehuajo/Adieu Robinson*
DALPÉ (Jean-Marc), *Le Chien*
DE FILIPPO (Eduardo), *Samedi dimanche et lundi*
DE FILIPPO (Eduardo), *Le Haut-de-forme/Douleur sous clé*
DELARUE (Claude), *Le Silence des neiges*
DEMARCY (Richard), *L'Étranger dans la maison*
DENES (Max), *Jakob le menteur*
DOUTRELIGNE (Louise), *Quand Speedoux s'endort/Qui est Lucie Syn' ?*
DURRINGER (Xavier), *Bal-trap/Une envie de tuer sur le bout de la langue*
DURRINGER (Xavier), *Chroniques des jours entiers, des nuits entières*
DURRINGER (Xavier), *Une petite entaille*
DURRINGER (Xavier), *Surfeurs*
DURRINGER (Xavier), *La Quille/22.34*
DURRINGER (Xavier), *La Nuit à l'envers/Ex-voto*
DURRINGER (Xavier), *La Promise*
DURRINGER (Xavier), *Chroniques 2, quoi dire de plus du coq ?*
DURRINGER (Xavier), *Histoires d'hommes*
FARGEAU (Jean-Pol), *Hôtel de l'homme sauvage*
FARGEAU (Jean-Pol), *Voyager*
FARGEAU (Jean-Pol), *Ici-bas*
FICHET (Roland), *De la paille pour mémoire/Le Lit*
FICHET (Roland), *Plage de la Libération*
FICHET (Roland), *Terres promises*
FICHET (Roland), *La Chute de l'ange rebelle*
FICHET (Roland), *Suzanne*
FICHET (Roland), *Petites comédies rurales*
FICHET (Roland), *Quoi l'amour*
FISCHEROVA (Daniela), *Fabula*
FRIEDERICH (Alexandre), *Journée mondiale de la fin (L'Homme qui attendait l'homme qui a inventé l'homme/Didadactures/Programme de gestion, colère et enlisement)*
FRIEL (Brian), *Danser à Lughnasa*
FUGARD (Athol), *Hello and Goodbye*
FÜST (Milan), *Les Malheureux*
GAUTRÉ (Alain), *La Chapelle-en-Brie*
HACKS (Peter), *Conversation chez les Stein sur monsieur de Goethe absent*
HOROVITZ (Israël), *Le Baiser de la veuve/Le Premier*
HOROVITZ (Israël), *L'Indien cherche le Bronx/Le Rescapé*
HOROVITZ (Israël), *Dix pièces courtes*
HOROVITZ (Israël), *Stand de tir*
HOROVITZ (Israël), *Quand Marie est partie/L'Amour dans une usine de poissons*
KEENE (Daniel), *Silence complice/Terminus*

KEENE (Daniel), *Pièces courtes*
KEENE (Daniel), *La Marche de l'architecte/les paroles*
KEENE (Daniel), *Cinq hommes/moitié-moitié*
KÖBELI (Markus), *Peepshow dans les Alpes*
KWAHULÉ (Koffi), *La Dame du café d'en face/Jaz*
KWAHULÉ (Koffi), *Big shoot/P'tite souillure*
KWAHULÉ (Koffi), *Le Masque boiteux (Histoires de soldats)*
LAÎK (Madeleine), *La Passerelle/Les Voyageurs/Didi Bonhomme*
LANDRAIN (Francine), *Lulu/Love/Life*
LAPLACE (Yves), *Sarcasme ou Un homme exemplaire*
LAPLACE (Yves), *Staël ou la Communauté des esprits*
LAPLACE (Yves), *Feu Voltaire/Maison commune*
LEBEAU (Yves), *Le Chant de la baleine abandonnée*
LEBEAU (Yves), *Les Noces*
LEBEAU (Yves), *Dessin d'une aube à l'encre noire*
LEBEAU (Yves), *À la folie*
LEMAHIEU (Daniel), *Entre chien et loup/Viols*
LEVIN (Hanokh), *Théâtre choisi I-Comédies*
(Yaacobi et Leidental/Kroum l'Ectoplasme/Une laborieuse entreprise)
LEVIN (Hanokh), *Théâtre choisi II-Pièces mythologiques*
(Les Souffrances de Job/L'enfant rêve/Ceux qui marchent dans l'obscurité)
MAGNAN (Jean), *Algérie 54-62/Et pourtant ce silence ne pouvait être vide...*
McGUINNESS (Frank), *Quelqu'un pour veiller sur moi*
MINYANA (Philippe), *Fin d'été à Baccarat*
MINYANA (Philippe), *Ruines romaines/Quatuor*
MINYANA (Philippe), *Chambres/Inventaires/André*
MINYANA (Philippe), *Les Guerriers/Volcan/Où vas-tu, Jérémie ?*
MINYANA (Philippe), *Drames brefs (1)*
MINYANA (Philippe), *Drames brefs (2)*
MINYANA (Philippe), *La Maison des morts*
MINYANA (Philippe), *Anne-Laure et les Fantômes*
MINYANA (Philippe), *Habitations/Pièces*
MINYANA (Philippe), *Suite 1/Suite 2/Suite 3*
MINYANA (Philippe), *Le Couloir*
MOTTON (Gregory), *Ambulance/Reviens à toi (encore)*
MOTTON (Gregory), *Chicken/Brien le fainéant*
MOTTON (Gregory), *Chat et Souris (moutons)/Loué soit le progrès*
MOTTON (Gregory), *L'Île de Dieu/Un monologue*
MOTTON (Gregory), *Gengis parmi les Pygmées*
MUELLER (Harald), *Le Radeau des morts*
MÜLLER (Heiner), *La Comédie des femmes*
MÜLLER (Heiner), *L'Opéra du dragon*
MÜLLER (Heiner), *L'Homme qui casse les salaires/La Construction/Tracteur*
MURPHY (Thomas), *Bailegangaire*
NADAS (Peter), *Rencontre*

NADAS (Peter), *Ménage*
NICOÏDSKI (Clarisse), *Ann Boleyn*
NORDMANN (Jean-Gabriel), *La mer est trop loin*
PARKER (Stewart), *Pentecôte*
PAVLOVSKY (Eduardo), *Potestad/La Mort de Marguerite Duras*
PENHALL (Joe), *Voix secrètes*
PILLET (Françoise), *Métro Bastille/Anciennement chez Louise*
PRIN (Claude), *Erzebeth*
PRIN (Claude), *Césars*
RENAUDE (Noëlle), *Divertissements touristiques/L'Entre-deux/Rose, la nuit australienne/8*
RENAUDE (Noëlle), *Le Renard du nord*
RENAUDE (Noëlle), *Der Fuchs des Nordens*
RENAUDE (Noëlle), *Courtes pièces*
RENAUDE (Noëlle), *Ma Solange, comment t'écrire mon désastre, Alex Roux*
RENAUDE (Noëlle), *Ma Solange, comment t'écrire mon désastre, Alex Roux (2)*
RENAUDE (Noëlle), *Ma Solange, comment t'écrire mon désastre, Alex Roux (3)*
RENAUDE (Noëlle), *Fiction d'hiver/Madame Ka*
RENAUDE (Noëlle), *À tous ceux qui/La Comédie de Saint-Étienne/Le Renard du nord*
RENAULT (Jean-Pierre), *Agathe*
RENAULT (Jean-Pierre), *Désert, désert*
RENAULT (Jean-Pierre), *Les Solitaires*
REYNAUD (Yves), *Monologues de Paul (Apnée ou le Dernier des militants/Regarde les femmes passer)*
REYNAUD (Yves), *Événements regrettables*
REYNAUD (Yves), *Les Guerres froides*
REYNAUD (Yves), *La Tentation d'Antoine*
REYNAUD (Yves), *Marie, Marie (Les modernes sont fatigués)/La Dent noire*
REYNAUD (Yves), *Une vie de chien/Baptême*
RIVERA (José), *Marisol/La Tectonique des nuages*
ROZEWICZ (Tadeusz), *Le Piège*
RULLIER (Christian), *Le Fils/Attentat meurtrier à Paris*
RULLIER (Christian), *Annabelle et Zina/Il marche*
RULLIER (Christian), *Football (et autres réflexions)/C'est à dire*
RULLIER (Christian), *Annabelle et Zina/Le Fils*
RULLIER (Christian), *Les Monologues : Il marche/C'est à dire/Il joue*
SANTANELLI (Manlio), *Issue de secours/L'Aberration des étoiles fixes*
SARRAZAC (Jean-Pierre), *Le Mariage des morts/L'Enfant-Roi*
SARRAZAC (Jean-Pierre), *Les Inséparables/La Passion du jardinier*
SARRAZAC (Jean-Pierre), *Harriet*
SCHLEGEL (Jean-Pierre), *Le Vent et le Mendiant/J'exige le silence dans la bulle/Les Hommes du Grand Nord*
SCHWAJDA (György), *L'Hymne*
SCHWAJDA (György), *Le Miracle*
SPIRO (György), *Tête de poulet*
STOCK (James), *Nuit bleue au cœur de l'Ouest*
TABORI (George), *Le Courage de ma mère/Weisman et Copperface*

TABORI (George), *Les Variations Goldberg*
TABORI (George), *La Ballade de l'escalope viennoise/Jubilé*
TORDJMANN (Charles), *Le Chantier*
TROLLE (Lothar), *Berlin fin du monde/Fin du monde Berlin II/Les 81 minutes de Mademoiselle A.*
VALENTIN (Karl), *Le Bastringue et autres sketches*
VALENTIN (Karl), *La Sortie au théâtre et autres textes*
VALENTIN (Karl), *Vols en piqué dans la salle*
VALENTIN (Karl), *Le Grand Feu d'artifice et autres sketches*
VALENTIN (Karl), *Les Chevaliers pillards devant Munich et autres textes*
WILLEMAERS (Jean-Pierre), *C'est un dur métier que l'exil*
ZAHND (René), *L'Île morte/Les Hauts Territoires*
CINQ PIÈCES D'AMÉRIQUE LATINE
EMBOUTEILLAGE (32 pièces automobiles)
PETITES PIÈCES D'AUTEURS
PETITES PIÈCES D'AUTEURS 2
QUÉBEC/FRANCE : AUTEURS ASSOCIÉS
THÉÂTRE HONGROIS CONTEMPORAIN

Passages francophones (coédition Festival des théâtres francophones)

BACCAR (Jalila), *Araberlin*
CANNET (Jean-Pierre), *La Grande Faim dans les arbres*
CHENELIÈRE (Evelyne de la), *Au bout du fil/Bashir Lazhar*
FADEL (Youssef), *Je traverse une forêt noire*
GHAZALI (Ahmed), *Le Mouton et la Baleine*
GROUPOV, *Rwanda 94*
ISRAËL-LE PELLETIER (Marc), *Sarah et Lorraine*

Scènes étrangères (coédition Maison Antoine Vitez)

BARKER (Howard), *Tableau d'une exécution/Les Possibilités*
BARKER (Howard), *La Douzième Bataille d'Isonzo/Blessures au visage*
BARKER (Howard), *La Griffe/L'Amour d'un brave type*
BARKER (Howard), *Gertrude, le cri/Le Cas Blanche-Neige*
EISLER (Hanns), *Johann Faustus*
HAUPTMANN (Gerhart), *La Peau de castor*
HOLBERG (Ludvig), *Henrich et Pernille/Erasmus Montanus*
RADITCHKOV (Yordan), *Janvier/Lazaritsa*
SIGURJONSSON (Johann), *Les Proscrits*

Théâtrales Jeunesse

BLUTSCH (Hervé), *Méhari et Adrien/Gzion*
BOUCHARD (Michel Marc), *Histoire de l'oie*
CASTAN (Bruno), *Belle des eaux*

CASTAN (Bruno), *Coup de bleu*
CASTAN (Bruno), *Neige écarlate*
DU CHAXEL (Françoise), *L'Été des mangeurs d'étoiles*
LEBEAU (Suzanne), *L'Ogrelet*
LEBEAU (Suzanne), *Salvador*
LEBEAU (Yves), *C'est toi qui dis, c'est toi qui l'es (tomes 1 et 2)*
LISCANO (Carlos), *Ma famille*
PAQUET (Dominique), *Les escargots vont au ciel*
PAQUET (Dominique), *Son parfum d'avalanche*
RICHARD (Dominique), *Le Journal de Grosse Patate*
SHÖN (Roland), *Les Ananimots/Grigris*
VALENTIN (Karl), *Sketches*

Des classiques

GARCÍA LORCA (Federico), *La Savetière prodigieuse/Mademoiselle Rose*
IBSEN (Henrik), *Peer Gynt*
IBSEN (Henrik), *Hedda Gabler*
IBSEN (Henrik), *Empereur et Galiléen*
Von KLEIST (Heinrich), *La Bataille d'Arminius*
Von KLEIST (Heinrich), *La Cruche cassée*
SHAKESPEARE, *La Nuit des rois*
SHAKESPEARE, *Cymbeline*
SHAKESPEARE, *Le Marchand de Venise*
SHAKESPEARE, *Mesure pour mesure*
SHAKESPEARE, *Beaucoup de bruit pour rien*
SOPHOCLE, *Œdipe tyran*
SOPHOCLE, *Œdipe à Colone*
WEDEKIND (Frank), *Théâtre complet, tome I*
WEDEKIND (Frank), *Théâtre complet, tome II*
WEDEKIND (Frank), *Théâtre complet, tome III*
WEDEKIND (Frank), *Théâtre complet, tome IV*
WEDEKIND (Frank), *Théâtre complet, tome V*
WEDEKIND (Frank), *Théâtre complet, tome VI*
WEDEKIND (Frank), *Théâtre complet, tome VII*
WILLIAMS (Tennessee), *La Ménagerie de verre*

Sur le théâtre

AZAMA (Michel), *De Godot à Zucco, Anthologie des auteurs dramatiques de langue française, 1950-2000, volume 1*
BONVOISIN (Guillemette), *Saluts*
BRETONNIÈRE (Bernard), *Petit dictionnaire de théâtre*
CLÉMENT (Catherine), *La Pègre, la Peste et les Dieux*
Collectif/BANU (Georges) dir., *Les Cités du théâtre d'art*
Collectif/CORVIN (Michel) dir., *Philippe Minyana ou la Parole visible*

Collectif/LACHANA (Evanghélia), *Choisir et jouer les textes dramatiques - Un guide-annuaire*, coédition Centre national du Théâtre

Collectif/LECUCQ (Evelyne), *Les Fondamentaux de la manipulation : convergences – Carnets de la marionnette 1*, coédition THEMAA

Collectif/SARRAZAC (Jean-Pierre), *Les Pouvoirs du théâtre, essais pour Bernard Dort*

DESCAMPS (Jérôme), *La Secrète Architecture du paragraphe, rencontre avec Philippe Minyana* (vidéo)

DUSIGNE (Jean-François), *Le Théâtre d'art, aventure européenne du XXᵉ siècle*

DUSIGNE (Jean-François), *Du théâtre d'art à l'art du théâtre. Anthologie des textes fondateurs*

FÉRAL (Josette), *Dresser un monument à l'éphémère, Rencontres avec Ariane Mnouchkine*

FÉRAL (Josette), *Trajectoires du soleil. Autour d'Ariane Mnouchkine*

JAQUES (Brigitte), REGNAULT (François), *Le Théâtre de Pandora*

MÜLLER (Heiner), KLUGE (Alexander), *Esprit, pouvoir et castration (Entretiens inédits 1990-1994)*

MÜLLER (Heiner), KLUGE (Alexander), *Profession arpenteur (Entretiens nouvelle série 1993-1995)*

RAYNAUD DE LAGE (Christophe), *Intérieur rue, 10 ans de théâtre de rue*

TEMKINE (Raymonde), *Le Théâtre en l'état*

VINCENT (Jean-Pierre), CHARTREUX (Bernard), *Mise en scène des Fourberies de Scapin*, co-édition Nanterre Amandiers

ACHEVÉ D'IMPRIMER EN FÉVRIER 2004 SUR LES PRESSES DE CORLET IMPRIMEUR À CONDÉ-SUR-NOIREAU (14). COMPOSITION ET MAQUETTE RÉALISÉES PAR CONCORDANCE(S), MICHEL DELON À MAREUIL-LÈS-MEAUX (77).

IMPRIMÉ EN FRANCE
NUMÉRO D'IMPRIMEUR : 76433
DÉPÔT LÉGAL : MARS 2004